현대
마검전

FUSION FANTASTIC STORY
아히루 장편 소설

현대마검전 5

아히루 장편 소설

초판 1쇄 찍은 날 § 2013년 1월 4일
초판 1쇄 펴낸 날 § 2013년 1월 9일

지은이 § 아히루
펴낸이 § 서경석

편집부장 § 권태완
편집책임 § 어정원
디자인 § 이혜정

펴낸곳 § 도서출판 청어람
등록번호 § 제1081-1-89호
등록일자 § 1999. 5. 31
어람번호 § 제1-1521호

주소 § 경기도 부천시 원미구 심곡2동 163-2 서경B/D 3F (우) 420-822
전화 § 032-656-4452팩스 § 032-656-4453
http://www.chungeoram.com
E-mail § chungeorambook@daum.net

ⓒ 아히루, 2012

ISBN 978-89-251-3130-6 04810
ISBN 978-89-251-2988-4 (세트)

[완결]

현대
마검전

5

아 히 루 장 편 소 설

FUSION FANTASTIC STORY

도서출판 청어람

CONTENTS

Chapter
01

재오, 깨어나다!

그렇게 말한 루시퍼는 당구장에게 날아와 그녀의 손에
안착했다.

"검술을 모른다니까, 그냥 날 잡고만 있어. 몸에 힘 빼
고."

"……?"

영문을 알 수 없는 당구장이었지만, 루시퍼가 시키는 대
로 그 '짧은 검날' 의 루시퍼를 쥐어 잡았다. 중후한 무게감
에 비해 짧은 검신이 신경이 쓰이는 당구장이 자신도 모르
게 눈살을 찌푸렸다.

"그런데요, 루시퍼 씨. 루시퍼 씨가 마법의 대가라는 건 알겠는데, 이런 부엌칼만한 검 길이로 무엇을 하려고요?"

"시끄러! 누군 좋아서 이런 모습인 줄 알아? 그놈의 조각들 때문에……. 어쨌든 길이가 짧긴 하지만 성능엔 문제없다고."

"아, 네."

"……."

당구장이 루시퍼의 발악에 입을 닫을 찰나, 루시퍼를 잡은 그녀의 손을 통해 강한 기운이 몸속으로 들어왔다. 깜짝 놀란 당구장이 루시퍼를 내팽개치려 하자 루시퍼가 소리쳤다.

"움직이지 말라고! 네 몸을 체크하는 것일 뿐이니까!"

"……?"

잠깐의 시간이 지나자, 당구장의 몸속을 휘감던 강한 힘이 사라졌다. 그리고 찾아온 갑작스런 통증. 당구장은 몸을 지탱할 수가 없어 바닥으로 쓰러졌다. 하지만 그 통증은 오래가지 않았다. 쓰러지자마자 통증이 사라지자 당구장은 어리둥절한 표정을 지었다.

"어라? 뭐지 이건?"

"네 몸의 기혈을 뚫었다."

"혀, 혈(穴)?"

"혈? 기혈(氣穴)? 기혈이라니요?"

루시퍼의 말에 이제껏 조용히 지켜보고 있던 세준이 끼이들었다.

무협에서나 나올 기혈이 루시퍼의 입에서 나오다니, 루시퍼는 마법사 아니었던가? 세준이나 당구장에겐 마법이나 기혈이나 생뚱맞기는 마찬가지였지만, 적어도 재오에게 들은 건 루시퍼가 마법사란 것이다. 그런데 웬 기(氣)?

"왜 이리 놀라? 내가 마법을 사용하긴 하지만 그건 전적으로 내 취향이고. 생각을 좀 해봐라, 난 마검(魔劍)이라고. 아니, 엄밀하게 따지면 칼이야. 그것도 무사들이 가지고 사용했던 칼!"

"칼… 맞죠."

"뭐, 오래전 어떠한 사정이 있어 검 속으로 들어가 '마검'이라 불린 것이지만, 내가 이 검 속으로 들어가기 전에도 이 검은 상당히 유명한 무사가 사용했던 검이라고."

"……."

"그런 내가 기혈에 대해 알고 있는 건 당연한 거 아냐?"

세준은 딱히 할 말이 없었다. 단지 저렇게 논리적(?)으로 말하는 루시퍼에게서 재오의 모습이 언뜻 비친 것 외엔.

아니, 저것도 논리적이라고 해야 하나?

"어쨌든요, 그래서 내 몸에 뭘 어떻게 한 거예요?"

잠깐의 통증으로 바닥에 쓰러졌던 당구장이 일어나며 루시퍼에게 묻는다.

루시퍼가 당구장의 손에서 허공으로 떠오르며 그녀에게 답했다.

"마법이 아닌 이 '검'의 힘을 사용하려면 우선은 사용자가 기를 사용할 줄 알아야 한다고. 내가 의식적으로 감추고 있어서 그렇지, 이 검은 인간이 감당하기 힘든 힘을 가지고 있다고. 그래 봤자 본래 내가 가진 힘보다 못하지만."

"……."

"그래서 뭘 어떻게 한 거예요?"

당구장이 이해를 하지 못한 듯 재차 묻자 루시퍼는 다시 당구장의 손에 날아왔다.

"에이, 말로 백 번 설명해 봤자 이해하기 힘드니까 직접 겪어보라고. 몸의 힘을 빼고, 검이 이끄는 대로 몸을 맡겨."

"……?"

루시퍼의 말이 끝나기가 무섭게 당구장은 자신의 몸속에 강한 기(氣)가 스며드는 것을 느꼈다. 기는 그녀의 온몸을 휘감았고, 당구장은 그 힘에 이끌려 몸을 움직이기 시작했다. 그리고 흔들리듯 검을 휘두르는 당구장은 자신이 빠르고 정교한 검무(劍舞)를 추고 있다는 것을 깨달을 수 있었다. 비록 자신이 행하는 동작이 검무(劍舞) 형태의 검술이라

는 것을 몰랐다 해도, 그 동작이 아름답고 화려하다는 것만
은 알 수 있었다.

섬무를 추고 있는 당구장을 바라보는 세준 역시 놀라 입
이 쩍 벌어진 상태였다. 한참 후, 당구장의 검무가 끝나자
세준은 박수를 치며 그녀의 곁으로 다가갔다.

어느 나라의 어떤 이름을 가진 검법(劍法)인지는 모르지
만 아무것도 모르는 세준이 보기에도 결코 하급 수준의 검
법은 아니었다.

"와! 대단한데요? 근데 이건 재오 형님에겐 안 알려줬다
고요? 왜?"

"그놈이 알면 시시때때로 나를 끄집어내서 괴롭힐걸? 게
다가 재오 그놈, 그놈은 검을 다룰 줄 안다고. 아무튼 너희
들, 재오에게 말하면 가만 안 둔다. 아무튼 시간 없으니까
숲 속으로 들어가자."

으름장을 놓은 루시퍼는 당구장과 세준에게 발걸음을 재
촉했고, 그들은 다시 도산지옥이 시작되는 숲 속으로 들어
섰다.

그들이 들어서자마자 당구장을 향해 다시금 공격해 오는
숲의 나뭇가지와 풀. 루시퍼를 든 당구장은 그것들이 다가
오는 대로 족족 잘라내기 시작했는데, 나뭇가지들이 그녀
를 건드리지 못하 숲 속에 있던 돌과 땅의 흙까지 합세해

당구장을 공격했다.

당구장은 눈코 뜰 새 없이 자신에게 날아오는 것들을 막아내기에 정신이 없었다.

"제길! 어떻게 좀 해봐요!"

"그냥 이대로 전진이다! 여기서 내 힘을 함부로 사용할 수는 없다고! 우선 넌 내 힘을 버틸 만한 몸이 아니야! 겨우 기를 통하게 해서 검의 힘을 버틸 수 있게 만든 것일 뿐, 거기에 내 힘까지 더해지면 넌 죽을지도 몰라!"

"어쨌든 무슨 방법 없냐고요!"

"그대로 뛰어!"

숲 속은 외길이었다.

루시퍼의 말에 검을 휘두르며 무작정 숲 속으로 난 길을 향해 뛰는 당구장. 하지만 그것마저도 쉽지 않았다. 그녀가 달리기 시작하자 숲 속의 것들이 그녀를 쫓기 시작했다.

"우씨, 이래서는 움직이지도 못 하잖아요!"

"잔소리 말고… 크학!!"

루시퍼가 불평불만을 해대는 당구장에게 으름장을 놓으려는 찰나, 무언가 빠른 속도로 날아와 루시퍼의 칼자루를 정확히 후려쳤다. 너무 빨리 날아왔기에 그것이 무언지 정확히 보진 못했지만, 아마 돌[石]일 것이리라. 돌과 부딪친 순간 쨍! 소리가 났고, 소리가 나자마자 루시퍼는 괴성을 지르며 대폭발을 일으켰다.

대폭발, 거대한 기의 방출.

마치 바람이 일 듯 마검에서부터 기가 휘몰아쳐서 사방
으로 내뿜었는데, 모든 기가 빠져나가자 당구장은 다리에
힘이 풀려 바닥에 주저앉아 버렸다.

기의 방출로 인해서인지 그녀를 공격하던 숲의 움직임도
일순 멈춘 상태였다.

세준은 당구장과 거리를 두고 따라오고 있었는데, 그녀
가 맥없이 바닥에 주저앉자 황급히 당구장에게 달려와서는
물었다.

"어떻게 된 거야?"

"선, 선배……."

당구장은 정신을 잃은 것은 아니었지만 기의 방출과 함
께 그녀의 기운도 모두 빠져나간 듯 몸을 비틀거렸다. 바닥
에 손을 짚고 있는 것이 툭 건들면 쓰러질 지경이었다.

"모, 모르겠어요. 갑자기 루시퍼 씨가 폭발을……. 내 몸
속에 있는 기운까지 모두 방출되었다고요."

"루시퍼 씨는?"

"모르겠어요. 폭발을 한 이후 응답이 없어요. 루시퍼 씨
의 힘도 느껴지지 않고."

"왜 루시퍼 씨가 갑자기 폭발을 한 건데?"

"저, 저 좀 부축해 주세요. 우선 여기서 나가요. 숲이 다시 공격해 오기 전에."

하지만 부축해도 당구장이 제대로 서질 못하자 세준은 그녀를 안아 들고는 숲 속 오솔길을 뛰기 시작했다. 루시퍼가 깨어난 건 그로부터 30여 분이 지나서였다.

"오, 이제 정신 차렸구먼."

"어?"

눈을 뜬 재오는 그의 옆에 앉아 자신을 내려다보고 있는 중년의 남자를 보았다.

방긋이 웃으며 재오를 보고 있는 남자는 짧은 머리에 승복을 입고 있었는데, 얼굴에서 풍겨져 나오는 인자함이 보통 스님은 아니라는 것이 느껴졌다.

몸을 일으켜 주변을 돌아보는 재오. 그가 누워 있는 곳은 넓은 초원의 들판 한가운데였다.

"스님, 여기는 어딘가요? 제가 왜 이곳에 있는지…….'

"허허, 여긴 지옥이라네."

"……?"

스님의 말에 인상을 찌푸린 재오. 그제야 기억이 났다.

분명히 그는 아놀드 레이에게 독살을 당했다.

'제기랄, 죽었구나. 그런데 왜 지옥에 스님이 계시지? 스님도 지옥에 온 건가?'

"근데 자네는 누군가?"

"네?"

자신이 할 질문을 스님이 하자 재오는 황당함을 느꼈다.

'이건 또 무슨 소리래? 여긴 지옥이라면서 지옥에 온 영혼에게 누구냐고 물어보는 건 왜 그런 거야?'

"네? 저 죽었다면서요. 그럼 전 지옥에 온 영혼이죠."

"아니, 그건 아는데……."

재오가 스님을 자세히 보니 스님의 손에 핸드폰이 들려 있다.

아마 누구랑 통화 중이었던 듯 스님은 손으로 가렸던 핸드폰을 들어 귀에 대고는 소곤소곤 말한다.

"그러니까 빨리 와보라니까. 생사부 들고."

"생사부?"

"아, 들었나? 아, 뭐 그런 게 있네."

무척 당황한 듯 재오를 보고 땀을 뻘뻘 흘리는 스님. 재오는 그 모습이 굉장히 수상쩍었다.

"그래서 전 이제 어떻게 해야 합니까?"

"응? 아니, 음… 조금 기다려 봐. 우리도 좀 확인할 게 있어서."

"그런데 스님은 누구십니까?"

"아차, 내 소개를 안 했군. 난 지장보살(地藏菩薩)이라네.

이름은 오래되어서 잊어버렸다. 지금은 '지장보살'이 내 이름이자 나를 가리키는 말이지."

재오는 기억이 났다.

'염라대왕이 지옥을 다스리고 죄지은 영혼에게 벌을 주는 인물이라면, 그러한 영혼들을 구제하고 교화시키는 인물이 지장보살이지. 지옥의 유황불에 고통받는 영혼을 구제하기 위해 항시 지옥을 순방한다지?'

"지옥을 순방하다가 날 발견하신 건가요?"

"응? 자네, 나에 대해서 잘 아나 보지? 대개는 염라대왕밖에 모르던데."

"염라대왕(閻羅大王)은 저승에 있는 열 명의 시왕(十王) 중 하나죠. 그들을 대표하긴 하지만 다섯 번째 발설지옥(拔舌地獄)을 맡고 있죠. 입으로 죄지은 사람들에게 그에 맞는 형벌을 내리는……. 혀를 뽑아 밭을 일구죠."

"오! 자네, 정확히 아는군그래?"

"그냥 관심이 있어서요. 그런데 왜 제가 여기 있는 거죠? 저는 이곳에 온 기억이 없는데……. 원래 지옥에 오기 위해선 지옥문을 거쳐 첫 번째 저승시왕인 진광대왕 앞으로 가야 하는 것 아닌가요?"

"……."

지장보살은 난감한 표정을 짓다가 결국엔 모든 것을 털

어놓았다.

"일이 이렇게 된 거, 솔직히 말함세. 자네가 말하는 것이 낫네. 그런데 자네는 갑자기 나타났어."

"갑자기 나타난다뇨?"

"그러니까 그게 내가 묻고 싶은 거라네. 대체 어디서 나타난 건가? 원래대로라면 자넨 저승사자를 따라 지옥문을 거쳐 진광대왕 앞으로 갔어야 하는데 왜 이곳에 있는 건가? 여기는 지옥의 한가운데야. 네 번째 지옥인 오관대왕(五官大王)의 검수지옥(劍樹地獄)으로 가는 길목이란 말일세."

재오는 아무런 기억이 없었다.

어떻게 된 거지? 루시퍼가 어떻게 한 건가? 그러고 보니 어디선가 희미하게 루시퍼의 기운이 느껴졌다.

그 시각 루시퍼는 정신을 차리고 도산지옥 숲을 내달리는 당구장과 세준에게 그간의 사정을 자세히 말하는 중이었다. 그가 정신을 차리자 그때까지 중단되었던 도산지옥 숲의 공격이 다시 시작되었다. 다행히도 그땐 당구장의 기운도 완전히 되돌아온 후였다.

"지긋지긋해! 이 숲은 왜 또다시 공격을 시작한 거예요?"

"갑작스런 기의 방출에 애들도 정신을 잃은 거지, 뭐."

"아무튼, 그래서 뭐가 어떻게 되었다는 거예요? 아까 루시퍼 씨의 몸에서 강한 기운이 뿜어져 나온 거, 그리고 루시퍼 씨가 기절했던 것."

"제길, 놈들이 검의 가장 민감한 부분을 건드렸다고! 겉으로는 드러나지 않지만 그 부분이 마검의 핵이라 할 수 있지! 검의 중심, 검의 마력원이 있는 곳이라 할 수 있어!"

"그곳이 약점이에요?"

"아니, 약점은 아니고, 그냥 가장 민감한 부분. 여긴 저승이잖아. 현실에선 상관없는데 영적이 힘이 강한 곳이라 나도 모르게 민감한 부분이 드러났나 봐. 이젠 다시 그곳을 맞는다 하더라도 기절할 일은 없을 테지만… 아우 씨! 재오, 이 자식!!"

"한재오는 왜요?"

"검의 핵에 한재오의 영혼을 담아두고 있었는데, 아까의 일로 인해 그 녀석의 영혼이 튕겨 나가버렸다고!"

"뭐라고요?!"

깜짝 놀란 당구장은 하마터면 들고 있던 검을 놓칠 뻔했다. 그 틈을 이용해 나뭇가지가 당구장의 몸을 사정없이 찌르자 다시 검을 고쳐 들고는 날아오는 나뭇가지들을 족족 베어버렸다.

"우씨! 이놈들은 지치지도 않나! 아무튼 그게 무슨 소리예요?"

"말 그대로 영혼이 튕겨 나갔다니까. 하지만 큰 걱정은 하지 마. 어차피 놈은 나의 계약자니까 영혼의 상태라 해도 찾아낼 수가 있다고."

"음. 뭔지 모르겠지만 일단 다행이군요."

"그래, 맞아. 다행이지. 적어도 저승사자나 그에 준하는 사람들을 만나지 않는 이상."

"……?"

"지금 재오는 죽은 몸이야. 게다가 영혼이라고. 만약 그들에게 발각된다면 영혼 상태인 재오를 가만두지 않을걸."

"아, 그럼 만나지만 않으면 되는구나."

그러나 그때 재오는 지장보살이 부른 염라대왕과 그가 데려온 좌도대왕, 우도대왕과 대면하고 있었다. 그들은 재오를 힐끔 쳐다보며 지들끼리 모여 무언가 논의를 하고 있었다.

좌도대왕과 우도대왕은 일종의 감찰관으로서, 저승시왕이 한 심판을 심사하고 그들이 남긴 기록들을 관리하여 상부에 보고하는 직책이었다. 여기서 상부란, 천상(天上)의 옥황상제를 말하는 것이다.

그들은 구름을 타고 왔는데, 구름에서 내려 재오를 보자마자 입을 쩍 벌리고 놀란 표정을 지었다. 그리고 지장보살과 합세하여 무언가 속닥이더니, 서로 의견이 맞지 않은 듯 열띤 논쟁을 벌이고 있었다. 시간이 지남에 따라 그들의 목소리가 조금씩 커져 재오의 귀에도 잘 들리고 있는 참이다.

"아직 죽은 사람은 아니라니까!"

"그건 압니다, 염라대왕님. 하지만 죽지 않았다고 볼 수도 없지 않습니까?"

"이보게들, 자네들은 가장 중요한 걸 놓치고 있는데, 죽고 안 죽고가 아니라 어떻게 이곳에 있느냐 하는 것이 문제인 걸세. 아까도 말했듯이 원래대로라면 저 영혼은 이곳에 있으면 안 돼."

지장보살의 말에 염라대왕은 그가 가지고 온 두꺼운 책을 뒤적거렸다. 이른바 죽은 사람의 이름을 기록하는 저승명부였다.

"한재오, 한재오라……. 이 책에는 한재오란 이름이 기록되어 있지 않습니다, 지장보살님. 어쨌든 저 영혼을 처리하기 위해선 그의 죽음 여부부터 확인해야 합니다. 그렇지 않으면 우린 어떻게 할 수가 없어요."

염라대왕은 저승명부를 힘차게 덮으며 재오를 바라보았다.

"자네, 한재오라고? 자네 죽은 건가, 산 건가?"

"글쎄요. 저도 잘 모르겠는데요."

재오는 염라대왕의 물음에 웃으며 대답했다. 그는 분명 죽은 기억이 있지만, 그들이 자신의 죽음을 모르는 판국에 사실대로 말할 필요는 없었다.

'루시퍼 녀석이 무슨 짓을 했는지 모르겠지만, 칭찬해 줘야겠군.'

하지만 재오는 루시퍼가 아니었다면 처음부터 이들을 만날 필요도 없었다는 걸 알지 못했다. 어쨌든 생글거리며 능글맞게 대답하는 재오를 보며 염라대왕은 그를 째려본다. 하지만 죽은 영혼의 출처(?)를 알아내지 못한 것은 분명 그들의 잘못이었기에 딱히 뭐라 하진 못했다. 재오는 염라대왕이 째려보든 말든 오직 마나 수련에만 열중했다.

신기한 일이었다. 이승에서 마나를 모았을 때보다 몇 배의 마나가 빠르게 모였고, 쉽게 마력으로 변환해 사용할 수 있었다. 재오는 이곳이 저승이기 때문에 그렇다고 납득을 했지만, 단순히 저승이라고 치부하기엔 너무나 강한 마력이 생성되었다. 루시퍼의 계산법으로 9서클이 넘는 마력이 금방 모아졌던 것이다. 재오를 째려보던 염라대왕은 재오가 강한 마력을 모으자 눈살을 잔뜩 찌푸리며 한 발짝 뒤로 물러났다.

"자네, 뭐하는 사람인가? 죽었는지 살았는지도 모를 판국에 그 힘은 대체 뭔가? 인간이 그런 힘을 갖는 건 최근 들어 처음인데."

"최근 들어 처음이라고요? 그럼 옛날엔 있었단 말입니까?"

"있긴 있었지. 그런데 자네는 좀 많이 다르군. 인간이 가질 수 없는 힘이야."

"인간이 가질 수 없는 힘이라……. 대답이 애매하군요. 아무튼 전 어떻게 되는 겁니까?"

자신의 힘을 본 염라대왕의 안색이 심각해지자 재오는 황급히 말을 돌렸다.

재오의 질문에 염라대왕은 난감하다는 표정을 지었다.

"음, 만약 죽거나 죽게 되어 있다면 분명히 이 책에 기록이 될 텐데, 자네 이름은 없단 말일세."

"그건 제가 다시 이승으로 내려가도 된다는 말인가요?"

"아, 아니! 그건 안 되지! 왜냐면 자세한 사정을 알기 전에는 죽은 것으로 처리되기 때문에 우선은 어떻게 되었는지 알아보고……."

"누구 마음대로요?"

"……?"

당황해서 대꾸를 하는 염라대왕의 말을 재오는 단호하게 잘랐다.

"저는 바쁜 사람입니다. 제가 죽은 게 아니라면 더 이상 이곳에 있을 필요가 없죠."

"그 무례함은 무엇이냐? 감히 염라대왕 앞에서!"

염라대왕과 격렬한 토론을 벌였던 좌도대왕이 재오에게 위협을 하려 하자 재오는 배시시 웃으며 손을 들어 마력을 모았다. 금세 강한 마력이 모아져 커다란 힘의 구체를 만들어냈다. 재오 스스로도 놀랐는데, 그것은 이승에서 사용했던 마법과는 완전히, 전혀 다른 힘이었다. 재오는 그저 좌도대왕의 태도에 짜증이 나서 손을 내저었던 것뿐인데 자신이 알지 못하는 힘의 생성되었던 것이다. 하지만 겉으로는 전혀 내색을 하지 않고 배시시 웃었다. 염라대왕들은 재오가 만들어낸 구체를 보고 한 발 뒤로 물러섰는데, 긴장한 모습이 역력히 드러나고 있었다.

"그 힘은 어떤 힘인가? 이질적인 힘이 느껴지는데?"

"글쎄요. 그건 저도 모르겠고요. 그냥 있으니까 사용하는 거죠."

"무엄하도다! 빨리 그 요망한 구체를 없애지 않겠느냐!"

좌도대왕이 다시금 크게 호통을 쳤다.

"저승명부에 제 이름이 없다면, 내가 이곳에 있을 필요가 없다는 소리겠지요?"

"……."

"그럼 저를 빨리 이승으로 데려다 주시지요."

"그건 협박인가?"

긴장했던 염라대왕은 금세 굳은 표정으로 바뀌었다. 무서운 표정, 그건 재오의 만행에 맞서 싸울 의향이 있다는 뜻이다. 염라대왕의 표정을 보고 비웃는 듯 피식 웃는 재오. 그의 행동에 좌도대왕이 재오와 같은 구체를 만들어내 허공에 띄웠다. 그것을 본 재오가 자신이 만들어낸 구체를 더욱 크게 하려는 찰나.

"자자, 그만하게! 이게 무슨 짓들인가?"

지장보살이 재오와 염라대왕 사이에 끼어들며 한층 고조되었던 그들의 감정을 진정시켰다.

"자자, 염라대왕 자네가 참게. 자네는 셀 수 없는 시간을 살아온 자 아닌가? 인간 중에서는 최초로 죽어 저승에 온 사람이고. 그런 자네가 이런 일에 쉽게 흥분하면 어쩌나?"

"별말씀을. 분명히 말하건대 흥분한 건 아닙니다. 그저 저자의 만행에 대비하려던 것뿐이지."

"어쨌든. 그리고 한재오, 자네도 그래. 여긴 저승일세. 이승의 법도가 있듯이 저승에도 법도가 있어. 자네가 죽었다면 당연히 저승의······."

"제가 죽었는지 안 죽었는지도 모른다면서 어찌 죽었다 단정을 하는지요."

"그, 그야 자네가 스스로 말하지 않았나? 분명히 죽었다고 말이야."

"제 기억엔 그렇단 말이죠. 하지만 쓰러진 기억만 있지 그게 죽은 건지는 저도 정확힌 알지 못해요. 혹시 알아요, 이승에선 혼수상태일지?"

"……."

재오의 말에 일리가 있는 듯 염라대왕들은 대꾸를 하지 못했다. 서로 눈치만 보고 있는데 그때까지 조용히 지켜보고 있던 우도대왕이 조심스럽게 재오에게 물었다.

"만약 자네가 죽었다면 순순히 우리를 따라 지옥으로 갈 텐가?"

"……."

우도대왕의 말은 재오를 잠깐 당황하게 만들었다. 물론 대답은 NO! 하지만 그걸 대놓고 이야기할 수는 없었다.

'아니, 솔직히 인간 중에 죽고 싶어 하는 인간이 어딨어? 그냥 으름장을 놓아버려? 죽었다고 해도 안 간다고?'

그들은 분명 재오가 가진 힘을 경계하고 있었다.

그 경계가 어디까지인지는 확신할 수 없지만, 분명 두려움이 섞인 경계이다. 결국 이승이나 저승이나 힘 있는 놈이 장땡이라 이건가? 이럴 땐 진상이 제일이지.

"별로 가고 싶진 않군요. 그리고 전 지옥에 갈 만한 죄는 짓지 않았다고 생각하는데요."

"본색이 드러나는군. 저건 괘씸죄에 해당되어 당장 지옥행이라고!"

재오의 말을 들은 좌도대왕이 때를 놓칠 새라 외쳤다. 다시금 좌도대왕을 말리는 지장보살. 그들의 행동에 재오는 배시시 웃음을 지었다. 지장보살의 행동에 재오는 자신의 진상이 이곳에서도 먹히리라 확신했다.

'저건 분명 쫄은 거야.'

"어쨌든 나에게 구속된 죄가 없으면 난 다시 이승으로 내려가겠습니다. 만약 그것이 안 되면 내가 가진 힘을 사용해서라도 내려가겠습니다."

"……."

재오가 으름장을 놓자 염라대왕을 진정시키던 지장보살의 인상이 굳었다. 하지만 재오의 으름장이 효과를 발휘했는지 사사건건 트집을 잡던 좌도대왕이 입을 다물었다. 그러나 염라대왕에게는 역효과를 낸 듯 강한 살기를 내뿜으며 재오를 쏘아보고 있었다. 그는 나직한 목소리로 재오에게 물었다.

"자네, 그 힘은 어디에서 얻은 건가?"

"글쎄요. 그것을 말해야 할 의무라도 있나요?"

"……."

조용히 노려보던 염라대왕은 결심을 굳혔는지 두 팔을

걷어 올리며 천천히 말을 이어나갔다.

"자네에게 허락되지 않은 힘이네. 자네의 생사를 알아보는 것보다 그 힘부터 서두는 것이 우선이셨군."

"내가 죽지 않은 이상 허락되지 않은 힘을 가지고 있다 한들 저승의 인물이 관여할 일은 아닐 텐데요?"

"……."

두 팔을 걷고 재오에게 나서려던 염라대왕이 순간 걸음을 멈췄다. 그리고 다시 난감한 표정을 짓는다. 염라대왕은 구원을 요청하는 듯 지장보살을 바라보았는데, 지장보살은 소리는 내지 않고 입모양으로 염라대왕에게 무언가 말했다.

'이 자식, 저승 일에는 빠삭해. 우격다짐으로 일을 처리하긴 힘들어.'

지장보살의 입모양을 읽은 재오는 속으로 웃음이 솟아올랐지만 애써 참았다.

재오의 말에 대꾸한 건 좌도대왕이었다.

"어, 어쨌든 자넨 지금 영혼의 모습으로 저승 세계에 왔으니까 죽은 거나 마찬가지네. 그러니까 적어도 생사 여부를 알 때까지는 저승 소관이야."

"그럼 힘으로 붙잡아보시든가요."

좌도대왕의 말에 지장보살은 얼굴을 찌푸렸다. 재오와

염라대왕을 겨우 진정시켰나 했더니 좌도대왕이 또다시 불을 지피려고 한다. 계속 말이 오가면 싸움이 날 것이 분명했기에 지장보살은 재오를 잡아끌고 염라대왕으로부터 최대한 멀리 떨어진 곳으로 갔다.

"이봐, 자네, 아무리 그래도 자네보다 몇 천 년을 더 살아오신 분들이야. 그런 사람들에게 그렇게 말을 막 하면 어쩌나?"

"저를 붙잡아둘 이유가 없지 않습니까? 없다면 다시 이승으로 가야 하는 게 맞지 않나요?"

"그런 건 아니라네. 죽었든 죽지 않았든 무슨 일이 있었으니 자네가 저승으로 온 게 아닌가? 이곳은 그러한 것까지 세세히 관리해야 한단 말일세."

"좋아요. 그렇다면 내 처분은 어떻게 되는 겁니까?"

"…그건 지금 논의를 해봐야겠군."

"논의, 논의, 이승이나 저승이나 탁상 행정은 똑같군요."

"……."

푸념을 하듯 내뱉은 재오의 말에 지장보살은 아무 말 없이 염라대왕에게 돌아갔다. 어차피 재오는 염라대왕의 말에 따를 생각은 없었다. 만약 저승에 남아야 한다고 한다면 자신이 가진 힘을 사용해 이승으로 내려갈 생각이다. 하지만 꼴을 보아하니 자신이 저승에 있어야 할 이유가 손톱만큼도 없기에 그들의 논의를 잠시 기다려 보기로 했다.

"루시퍼 녀석 때문에 색다른 경험을 하는군. 저승이라…… 무슨 만화책 속의 주인공도 아니고, 전혀 생각하지도 못한 일이 전개되었네. 후훗."

재오가 염라대왕 쪽을 바라보니 그들은 다시 소곤소곤 심각하게 토의 중이었고, 결론이 나기까지 약간의 시간이 걸릴 듯했다. 재오가 으름장을 놓았기에 그다지 긴 시간이 걸리진 않을 터였다.

잠시 여유가 생긴 재오는 다시 마법 연습을 하기 시작했다.

Chapter
02

9 서클 이상의 힘

몰려드는 숲의 나뭇가지를 막아내며 달리고 있던 당구장은 갑자기 루시퍼의 기가 사라진 것을 느꼈다. 정확히 말하자면, 잠시 동안 말을 할 수 없을 정도로 루시퍼의 기가 약해졌던 것이다.

"갑자기 왜 그래요?"

"재, 재오… 그 녀석이 내 힘을 사용했어!"

"응?"

어차피 당구장은 루시퍼가 무슨 말을 하는지 이해하지 못한다. 이승에 있을 때부터 당구장은 루시퍼와 그가 가진 마법의 힘이란 것에는 무신경했고, 그녀가 관심을 두었던 건 재오다. 비록 재오가 마법을 사용하긴 했지만 그 힘을 사용하는 재오에게 신경을 썼던 것이지 루시퍼에게 신경을 썼던 것은 아니었다. 그랬기 때문에 재오가 루시퍼의 힘을 사용한 게 어떤 문제가 되는지 전혀 이해할 수 없었던 것이다. 하지만 당구장은 루시퍼의 목소리에 당황함과 놀람이 담겨 있다는 것을 알았다.

"그게 큰일이에요?"

"……."

태연하게 되묻는 당구장의 말에 루시퍼는 짜증을 느꼈으나 더 이상 말하지 못했다. 재오가 또다시 루시퍼의 힘을 쓰기 시작했고, 그 영향으로 루시퍼는 말을 할 수 없을 정도로 약해졌기 때문이다. 그런데 루시퍼가 약해짐으로써 문제가 되는 건 바로 당구장이었다.

마검 루시퍼가 당구장의 손에 들려 있긴 하지만, 검을 움직여 수풀의 공격을 막는 것은 루시퍼에 의해서였다. 그런데 루시퍼가 약해지자 당연히 검의 움직임이 둔해졌고, 수풀의 공격이 검을 피해 당구장의 몸으로 찔러 들어오기 시작했다. 그때까지 넋 놓고 있던 당구장은 황급히 그녀의 의지로 검을 움직여 수풀의 공격을 막기 시작했지만 루시퍼가 했던 만큼의 빠르기로 수풀을 막아낼 수가 없었다. 방금 전에도 루시퍼가 약해져서 당구장이 한동안 온몸으로 수풀의 공격을 받았는데 또다시 이러니…….

"제길! 대체 뭐가 어떻게 되어가고 있는 건지!"

이번에는 아까보다도 길다. 힘을 잃은 루시퍼는 여간해서 그 힘을 되찾지 못하고 있었고, 시간이 갈수록 당구장의 몸을 찌르는 수풀의 공격은 더욱 거세지고 있었다.

당구장이 핑 도는 눈물을 참고 서투른 동작으로 검을 휘두른 지 몇 시간, 한참을 맞으면서 휘두르다 보니 그녀는 자신이 루시퍼가 했던 동작과 스피드를 따라가고 있다는 것을 알게 되었다.

자신을 찔러대는 수풀의 공격을 거의 90% 가까이 막아내자 조금씩 신이 나기 시작한 당구장.

"오, 세준 선배, 봤어요? 루시퍼 씨의 도움 없이도 막아내고 있다고요!"

"응, 그래. 잘하네."

"이 검술이라는 것, 제법 괜찮은데요?"

"기(氣)까지 사용할 줄 알면 최고겠는데?"

"아무튼요. 헤헷. 그런데 어디까지 가야 하는 거죠? 엄청 길군요, 이 도산지옥이라는 숲은."

뒤따라오던 세준에게 자랑을 하던 당구장은 끝을 알 수 없는 도산지옥 숲의 오솔길을 바라보며 푸념하듯 중얼거렸

는데, 그들은 그 오솔길이 사람의 걸음으로 한 달 이상을
가야 한다는 것을 알지 못했다. 그건 루시퍼 역시 마찬가지
였다. 더구나 이상하게도 저승은 낮만 계속되고 있었기에
시간의 흐름을 알 수 없었다. 그나마 세준이 손목시계를 차
고 와서 다행이지, 세준의 시계가 아니었다면 시간의 흐름
을 추측하는 것도 불가능했을 터였다.

어쨌든 그들이 도산지옥 숲의 가장자리를 지나고 있을
무렵, 재오는 꾸준히 마나를 모아 마력을 증대시키고 있었
다.

'확실히 이승과는 달라. 저승이 더 쉽고 빠르게 마나가
모인다. 게다가 같은 마나라 해도 힘의 위력이 이승일 때보
다도 훨씬 강해.'

루시퍼가 말하길, 보통의 인간이 도달할 수 있는 마법의
한계가 6서클, 혹은 7서클이라고 했다. 그 이상은 가끔 나
오는 '천재'들만이 도달할 수 있는 영역이라 했다. 물론 재
오는 루시퍼라는 특별한 기연을 만나 한 달 만에 6서클이라
는 수준에 도달했지만, 그 역시 보통의 사람들과 다를 것이
없었기에 6서클이 한계라 했다. 물론 재오가 더 연습을 한
다면 루시퍼의 도움으로 더욱 높은 서클에 이를 수 있겠지
만, 한 달이라는 짧은 시간 내에 6서클의 경지에 이른 것이

라 그 6서클의 마력이 재오의 몸에 체화(滯貨)될 시간이 필요하다고 했다.

체화된다는 것을 바꾸어 말하자면, 재오의 몸이 6서클의 마력을 이겨낸다는 것이다.

마력이라는 것은 강한 힘이기 때문에 몸이 버텨내질 못한다면 마력의 힘에 의해 몸이 갈가리 부서질 수도 있기 때문이다. 보통은 마나를 배우고 모으는 과정에 그 체화되는 과정이 속해 있기 때문에 심각히 다루지는 않지만, 재오처럼 짧은 시간에 6서클이라는 높은 단계에 이르는 경우라면 마력이 몸에 체화될 시간을 갖는 게 중요하다고 루시퍼는 말했다. 지금까지는 루시퍼가 재오의 몸속에서 조절해 주고 있었기 때문에 이상이 없었고, 루시퍼가 잠든 이후에는 재오가 스스로 조절을 하고 있었다. 재오 역시 강한 마법을 쓸 때마다 자신의 몸에 무리가 온다는 것을 느끼고 있었던 것이다.

하지만 이곳 저승에서는 달랐다.

그가 원하는 대로 마력은 금방 모였고, 6서클 이상의 마력이 들어와도 재오의 몸에는 부담이 가지 않았던 것이다.

'영혼의 세계라서 그런가? 느낌상으로는 9서클, 아니, 그 이상 되는 것 같아. 대체 어디까지 마력을 모을 수 있는 거야?'

스스로도 놀란 힘에 재오가 속으로 감탄하고 있을 때, 논의가 끝났는지 지장보살이 그에게 다가왔다.

"대단하군. 염라대왕만큼은 아니지만 나 역시 오랜 시간을 살아온 위인인데, 이대로 발전한다면 천지왕님을 넘어선 힘을 가질 수 있겠군."

"결론이 났나요?"

지장보살이 다가오자 재오는 마나를 모으던 것을 중단하고 그를 바라보았다. 그런데 재오는 방금 지장보살이 한 말에 의구심이 일었다. 자신이 저승에 와서 9서클에 이르렀다고 하지만, 그들은 인간 위에 있는 신(神)이 아닌가? 아무리 마력이 높아봤자 인간일 텐데 염라대왕, 천지왕보다 위는 아니지 않을까? 아니, 그들이 재오의 힘을 두려워한다는 것부터 이상했다.

자신의 힘을 알고 경계를 하던 염라대왕과 우도, 좌도대왕.

그들은 오랜 세월을 살았고, 그 시간 동안 자신과 같은 힘을 가진 사람들을 본 적이 있다고 말했다. 같은 힘을 가진 사람들을 본 적이 있다면 재오의 힘에 두려움을 느낄 필요는 없지 않나?

'설마 루시퍼랑 연관되어 있나? 하지만 지금 이 힘은 루시퍼의 힘은 아닌데?'

재오가 가진 궁금증을 아는지 모르는지 지장보살은 계속 말을 이어나갔다. 그런데 이번에는 매우 걱정스러운 말투다.

"하지만 자네의 기운은 상당히 악(惡)하군. 자네는 못 느끼겠지만, 이미 자네의 온몸에 퍼져 있어. 하지만 또 그 악한 기운이 강하다고 할 수는 없군. 오히려 자네의 선한 기운에 눌렸다고 할까? 아무튼 이상해. 마치 신(神)을 보는 듯한 기분이군."

"……."

지장보살의 말이 어떤 의미인지는 자세히 알지 못했으나, 재오는 더 이상 깊게 생각하지 않았다. 지금 그에게 중요한 것은 하루빨리 이승으로 가는 것이었다.

뭐, 루시퍼랑 연관되었나 보지.

"어쨌든, 저는 어떻게 되는 겁니까?"

"우선 자네의 육신을 살펴보기로 했다네. 백문이 불여일견(百聞不如一見)이라고, 직접 보는 것이 낫지."

재오는 지장보살의 말에 속으로 쾌재를 불렀다. 결국 이승으로 내려가게 된 것이다.

"그런데 어떻게 제 육신을 찾나요? 전 제 육신이 있는 곳을 모르는데."

"그건 이승으로 내려가면 다 알게 되네. 만약 자네가 죽지 않았다면, 기계이 우신이 있는 곳을 쉽게 찾아낼 수 있을 거야."

지장보살의 말에 꺼림칙한 느낌이 든다. 아니, 위기랄까?

'제기랄, 웬만해선 조용히 해결하고 싶은데, 이러다가 정말 싸움이라도 나면 어쩌지? 내 기억으론 분명히 난 독살당했는데 말이야.'

하지만 재오는 금세 달리 생각했다.

'난 분명 죽었는데 저들조차 확신할 수 없다는 것을 보면 루시퍼 녀석이 손을 써놨겠지. 그럴 거야. 그렇지 않고서야 저들이 내가 죽었다는 것을 모를 리 없어.'

그렇게 마음 편히 생각한 재오는 그들을 따라 이승으로 내려오기 위해 발걸음을 옮겼다.

두 번째로 의식을 잃은 루시퍼는 한참 후에야 정신을 차렸다. 루시퍼가 되돌아오자 그때까지도 숲을 상대로 고군분투하던 당구장은 그제야 마음을 놓으며 루시퍼에게 자신의 몸을 내어주려고 했다.

"아냐. 나 당분간 힘을 사용할 수 없어."

"에? 그게 무슨 소리예요? 지금 난 한계에 도달했다고요."

"그럼 다른 영혼들처럼 그냥 수풀에 찔리던가. 죽지 않을 정도로만 찌르니까 상관없잖아."

"으윽! 죽지는 않겠지만 죽을 정도로 아프다고요!"

루시퍼의 말에 열이 받은 당구장은 있는 힘을 모두 짜내어 검을 휘둘렀다. 이미 몇 시간째 검을 휘두르며 숲을 달리고 있는 중이라 당구장의 체력은 바닥을 기고 있었다.

"무슨 일이에요?"

일정한 거리를 두고 당구장을 따라오던 세준이 그녀에게 최대한 가까이 붙으며 루시퍼에게 묻는다.

당구장은 체력을 짜내 수풀의 공격을 막아내느라 정신이 없었지만, 세준은 루시퍼의 의식이 사라지고 나타나는 것에 커다란 흥미를 느끼고 있었다. 그것이 재오와 관계가 있다는 것을 루시퍼 스스로 말했기에 도대체 일이 어떻게 돌아가고 있는지에 대한 궁금증이 일었던 것이다.

"재오가 내 힘을 사용했어. 보나마나 마법을 연습한 게 틀림없는데, 왜 내 힘이 그에게 가냐고."

"그게 무슨 소리예요? 재오 형님에게 가다니?"

"몰라! 모르니까 이러지!"

"…루시퍼 씨랑 재오 형님이 서로 연결되어 있다면서요? 그래서 그런 거 아니에요?"

벌컥 소리를 지르는 루시퍼의 외침에 세준은 자신이 추측한 것을 조심스럽게 내뱉었다. 하지만 단호하게 답변하는 루시퍼.

"그 연결이 그 연결이 아니지. 나는 계약자가 어디에 있든 쉽게 찾아낼 수 있다고! 하지만 그게 힘의 연결은 아냐! 그런데 재오 녀석은 아는지 모르겠지만 내 힘을 고스란히 끌어다 쓰고 있다고! 힘만 쓰는 게 아냐! 내 의지까지 그 녀석의 부름에 이끌리니까 문제라고!"

"의지까지?"

"그러니까 녀석이 힘을 사용할 때마다 내 의지가 사라지고 재오의 것이 되어버려. 젠장 할!"

"……."

루시퍼의 말에 세준은 조용히 눈살을 찌푸렸다. 어찌 되었든 그다지 좋은 현상은 아니었다. 그가 보기엔 서로가 일체화가 된다는 의미인 것 같은데, 그렇다면 지금도 무서운 재오가 더 무서운 사람으로 변할 수 있기 때문이다. 더구나 세준이 들은 루시퍼는 절대 악(惡)에 속하는 인물이었기 때문에 그들이 서로 합쳐진다는 것은 그리 좋은 소식이 아니었다. 세준이 생각할 때 재오 역시 선(善)에 속한다고 장담할 수 없었기 때문이다.

'그래도 재오 형님이 루시퍼 씨의 힘을 가지는 게 낫나? 어쨌든 재오 형님은 이성적이잖아. 윤리와 옳고 그름을 구분할 줄 아니까. 적어도 자신에게 피해가 오지 않는다면 함부로 힘을 사용할 인물은 아니니까.'

"대화 끝났어요? 이제 기력을 찾았으면 저 좀 도와주시죠?"

세준이 혼자 생각하고 있으려니 지쳐 헐떡이는 당구장의 목소리가 끼어들었다.

나뭇가지의 공격을 막고 있는 당구장은 매우 지친 듯 수풀이 공격하는 것을 고스란히 몸으로 받아들이고 있었다. 검을 휘두르고 있지만 휘두르는 검조차도 힘이 들어가 있질 않았다. 세준이 보기에도 해쓱한 것이 툭 건들면 바로 쓰러질 듯이 보였다. 하지만 루시퍼의 대답은 냉담했다.

"잘하고 있는데? 계속해 봐."

"제발요. 놈들이… 점점 심장을 향해 찔러오고 있다구요. 전 이제 팔을 움직이는 것도 힘들어요."

"여기서 심장을 찔려봤자 죽지 않아. 이미 죽은 영혼인걸, 뭐. 세준이라면 심장이 찔리면 당장 죽겠지만 넌 다르다고."

"그런 끔찍한 소리 말고요!"

"나 아직 회복 안 되었어."

"……."

루시퍼의 말에 당구장은 울상이 되었다.

하지만 금세 당구장의 몸에는 루시퍼의 기운이 감돌았고, 지쳐 헐떡이던 당구장은 언제 그랬냐는 듯 느려졌던 검을 씽씽 신나게 휘두르기 시작했다.

"너의 몸을 조금 회복시켜 줬다. 이 정도만 해도 충분할 거야. 난 좀 더 쉴 테니까. 열심히 해봐. 뭐, 부족하긴 하지만 꽤 하는데?"

"오오오! 이런 게 바로 버프라는 거군요! 재오 씨는 항상 루시퍼 씨에게 이런 걸 받나요?"

"그럼 당연하지! 초기에만 해도 내가 항상 버프를 해줬는 걸!"

"그럼 지금은요?"

"…요 근래 난 자고 있었다고. 잠자면서 보니까 지가 알아서 하더라. 자신의 몸에 무리가 오지 않도록 조절해서 마력을 사용하더라고."

그 말은 재오가 당구장보다 뛰어나다는 소리였던지라 살짝 기분이 상했으나, 어쨌든 신이 난 당구장은 다가오는 나뭇가지와 수풀을 쑥쑥 베어나갔다.

그들이 다시 한참을 달리고 있을 때, 재오는 지장보살, 염라대왕과 함께 이승으로 내려와 그의 육신을 찾고 있었다. 우도대왕과 좌도대왕은 저승에서 할 일이 있는 관계로 이승까지 내려오진 않았다.

지장보살의 말대로 이승으로 내려온 재오는 아주 쉽게

자신의 육신을 찾을 수 있었다.

재오의 육신이 있는 곳은 인영의 신당이었다.

"이상하네요. 전 한참 걸리거나 아예 못 찾을 줄 알았는데 이렇게 쉽게 찾다니."

"완전히 숨이 끊어지지 않은 경우 영혼은 육신과 연결되어 있다네. 그래서 저승에서 이승으로 오기만 하면 영혼이 자신의 육신을 찾아갈 수가 있지."

지장보살의 말에 재오는 어디선가 들었던 말이 생각났다. 영혼은 육체와 작은 실로 연결되어 있는데, 그 실이 끊어지면 사람은 죽는다는 것이다. 또한 그 실이 끊어지지 않고 영혼이 육체에서 나가는 것을 유체이탈이라고 하는데, 본인의 의지 없이 유체이탈이 되었을 경우 그 실이 영혼을 강하게 끌어당겨 몸속으로 되돌아오게 한다고 했다.

재오는 자신의 육체로 쉽게 돌아올 수 있었던 것은 그 실이 강하게 자신의 영혼을 끌어당겼기 때문이라고 생각했다.

"근데 이건 뭔가?"

지장보살은 신당 바닥에 놓인 두 구의 시체 사이를 보며 이해할 수 없다는 표정으로 재오에게 물었다. 그 옆에 있던 염라대왕도 마찬가지였는데, 그는 경악에 가까운 표정을 짓고 있었다. 그들이 보고 있는 것은 재오와 당구장의 육체

사이에 꽂힌 길이가 짧은 마검 루시퍼였다.

　신당의 바닥에는 커다란 육망성 원이 그려져 있었고, 그 육망성 안에 재오와 당구장의 육체가 놓여 있었다. 육망성의 중앙, 그리고 두 육체의 사이에 마검 루시퍼가 꽂혀 있었는데, 재오는 그것이 루시퍼의 짓이라는 것을 단번에 알 수 있었다. 루시퍼의 존재를 아는 재오에겐 놀랄 일이 아니었지만, 루시퍼의 존재를 모르는 지장보살과 염라대왕에겐 놀라운 일인 듯했다.

　'그런데 경악을 하고 놀랄 필요는 없지 않나?'

　경악의 표정을 띤 지장보살과 염라대왕과 달리 재오는 그저 배시시 웃기만 했다.

　"저 검… 지금은 그 혼이 빠져나가 있지만 이세계의 신이로군."

　"제 입으로 신에 필적할 만한 존재라고 하긴 했죠."

　지장보살과 염라대왕은 육망성의 마법진 밖에서 마검 루시퍼를 관찰하기 시작했는데, 그 모습을 보고 재오가 왜 원 안으로 들어가질 않느냐고 물었다.

　"지금 이 결계 안에 우리는 들어갈 수 없다네. 저 검의 힘이 우리를 포함한 잡다한 영혼들을 막고 있어. 아마 자네와 자네 옆에 있는 처자의 몸속으로 잡귀신들이 들어가는 것을 막기 위함이겠지."

"그런데 저 옆에 있는 여자는 확실히 죽었군요."

"그렇군. 저 여잔 확실히 죽었어. 그런데 이상하군."

염라대왕의 말에 지장보살이 동의를 했지만 석연치 않음을 나타냈다.

"죽긴 죽었는데, 영혼이 되돌아온다면 언제든지 살아날 준비가 되어 있군그래."

"그게 가능하나요? 죽었는데 살아날 준비가 되어 있다?"

"아까 내가 말했지. 죽은 것이 아니라면 영혼과 육체는 이어져 있다고. 지금 저 처자는 누군가의 힘에 의해 아슬아슬하게 영혼과 육체가 이어져 있어. 아마 저 검 속에 있는 신이겠지. 그런데 그것도 겨우 아슬아슬하게 붙여놨어. 원래는 끊어진 것이 분명한데 말이야."

"그럼 어떻게 되는 건가요? 산 건가요, 죽은 건가요?"

재오의 물음에 지장보살은 말을 하지 않고 염라대왕을 보았다. 지장보살과 재오의 시선을 느낀 염라대왕이 단호하게 대답했다.

"저 경우는 분명 죽은 겁니다. 아무리 외우주의 신이라고 해도 이곳의 생명을 자기 맘대로 할 수는 없어요. 그건 우주의 법칙입니다."

"……."

염라대왕의 말에 재오는 마음속으로 착잡함을 느꼈다. 당구장은 자신으로 인해 죽은 것인데 되살릴 수 없다니, 그녀에게 매우 미안해졌다.

"하지만 저 정도 되는 신이 저 처자의 영혼을 놓지 않는다면 되살려 주는 것이 좋지 않겠나? 성격을 보아하니 절대악신에 가까운 신인데, 잘못하다간 저승이 남아나질 않겠어."

"⋯⋯."

지장보살이 조심스럽게 말하자, 염라대왕은 꿀꺽 침을 삼킨다.

그도 마검에게서 풍겨져 나오는 사악한 기운을 느낀 모양이다. 하지만 재오는 루시퍼를 본 후 반응하는 그들의 행동을 이해 못하고 있었다.

"다들 왜 그러세요? 저승에서 모두 한가락 하시는 분들이. 저 검이 뭐가 어쨌다고."

"혹시 자네가 저 검의 주인인가? 그래서 그렇게 기고만장했나?"

"어쨌든, 자네는 저 검이 가진 힘과 어두운 기운을 모르나 보군."

재오를 향해 투덜거리는 염라대왕을 만류하며 지장보살이 다시 말을 이었다.

"그랬군. 이제 알겠어. 정체를 알 수 없는 자네의 힘, 저 검을 보니 확실히 알 수 있겠군. 하지만 조심하게. 저 검, 아니, 저 검 속에 들어 있는 신은 인간이 감당하기엔 힘든 존재라네."

"……?"

"나 역시 저 신의 정체는 모르지만, 한 가지는 분명히 알겠네. 저 검은 양날의 검일세. 선(善)과 악(惡). 정제되지 않은 태초의 혼돈이라네."

재오가 루시퍼를 처음 만났을 때 루시퍼가 했던 말과 비슷했다.

"왜 저 신이 검 속에 들어갔는지는 모르겠지만, 다행인 건 선과 악의 결정은 자네의 손에 달린 것 같군."

"그게 무슨 소리지요?"

"……."

지장보살은 재오의 물음에 대답하지 않았다. 대신 한참을 침묵하다 재오에게 충고를 했다.

"하지만 조심하게. 혼돈은 그 말대로 혼돈일세. 제아무리 선하다 해도 그 속에 휘말리면 모든 것이 뒤섞이게 된다네."

"어쨌든 한재오 이 녀석은 거의 죽을 뻔했군요. 다만 생명이 끊어지기 직전 저 검의 신이 생명을 붙잡아뒀던 것이고요."

　재오가 다시 질문을 하려는 찰나, 재오의 육체를 살펴보
고 있던 염라대왕이 끼어들었다.

　"뭐, 어쨌든. 그럼 전 이제 살아날 수 있는 겁니까?"

　재오의 말에 지장보살이 염라대왕을 바라보자 염라대왕
은 마지못해 고개를 끄덕였다. 그들의 태도에 배시시 웃음
을 짓는 재오. 일이 너무나 쉽게 끝나 그동안 긴장했던 마
음이 홀가분해짐을 느꼈다. 힘을 사용해 되살아난다고 해
도 그것에 대한 책임은 언젠가는 분명히 받아야 한다는 것
을 알았기에 마음 한쪽으로는 불편한 마음이 있었던 것이
다.

　그가 인간인 이상 언젠가는 죽을 것이고, 그가 죽게 되면
그의 영혼은 저승으로 갈 것이기에 무력을 사용했다면 차
후의 일이 문제가 되었기 때문이다. 그런데 재오는 또다시
궁금증이 일었다.

　'내가 왜 저승으로 갔지?'

　재오의 궁금증이 튀어나옴과 같이해서 염라대왕이 입을
열었다.

　"어쨌든 좋아. 자네의 육신을 보면 죽은 것이 아니니까.
그런데 왜 자넨 저승에 와 있었던 거지? 지금처럼 육신과
영혼이 이어져 있다면 그 영혼은 절대 저승으로 오지 않았

을 텐데?"

염라대왕이 재오에게 물었다. 염라대왕의 말에 피식 웃
는 재오.

저승에선 막연히 루시퍼가 꾸민 일이라 추측했지만, 이
승으로 와서 상황을 살펴보니 루시퍼의 짓이 틀림없었다.
재오가 대답을 하려는 찰나 지장보살이 시큰둥하게 대꾸를
한다.

"그거야 저 검 속에 있는 신이 했을 테지. 내가 보기엔 자
네의 육신이 죽긴 죽었구만. 다만 그 신이 육신을 되살려
육신에서 빠져나가는 영혼을 붙잡았던 것이고. 그런데 죽
은 사람이 두 명이다 보니 자네의 영혼을 속박해 가지고 있
다가 저승 어디선가 놓친 것이겠지. 그 신이 자네의 영혼을
가지고 저승으로 온 이유는 자네 옆에 있는 저 처자를 되살
리기 위해서이고. 처자의 끊어졌던 영혼이 아슬아슬하게
연결되어 있는 것을 보면 시간이 걸리겠지만 되살아나는
것도 그리 어렵지 않은 것 같기도 하네만."

"그건 안 될 말씀입니다! 저 처자는 죽은 게 확실하다니
까요! 연결되었다고 하지만 저건 엄연히 순리를 거스르는
일입니다!"

지장보살의 말에 염라대왕이 단호하게 소리쳤다. 어쨌거
나 재오를 빼앗긴 것이 억울한 듯 당구장의 영혼은 내어주

지 않으려고 단단히 벼르고 있는 모양이다.

재오는 내색은 하지 않았지만 루시퍼를 응원했다.

'기특한 자식, 당구장을 잘 되살려 오기 바란다, 루시퍼.'

재오는 자신의 육신 속으로 들어가기 위해 마법진 안으로 들어서려 했다. 그런데 육망성의 마법진에 가까이 다가가자 강한 반발력에 뒤로 밀쳐지는 재오. 재오는 허공을 날아 신당의 벽면에 부딪쳤다.

"어? 뭐, 뭐야?"

놀라긴 지장보살과 염라대왕도 마찬가지였는데, 염라대왕은 재오의 그 모습을 보고 속이 시원했는지 솟아나오는 웃음을 참는 모습이 역력했다.

"잡귀신을 막는 결계다 보니 자네 역시 잡귀신으로 오인한 모양이군."

"루시퍼 이 자식!"

지장보살의 말에 화가 난 재오가 소리쳤다. 생각 같아선 방바닥에 박혀 있는 루시퍼를 빼내어 무참히 짓밟아주고 싶지만, 마법진 안으로 들어갈 수도 없으니 울화가 머리끝까지 솟아오른다.

"저 신의 이름이 루시퍼인가? 너무 노여워하지 말게나. 지금 루시퍼는 검 속에 없질 않나."

"그럼 제 몸에 못 들어간다는 겁니까?"

"……."

마법진 안에 있는 루시퍼를 바라보던 지장보살은 의아한 표정으로 재오를 쳐다보았는데, 왜 그런 질문을 자신에게 하느냐는 뜻이 명확히 담겨 있다.

"나는 그런 질문을 하는 자네가 이상하군."

"그게 무슨 소리십니까?"

"연유는 모르겠지만… 지금 저 신은 자네에게 속박되어 있는 것 아닌가?"

"그렇죠. 저랑 계약을 맺고 제 밑에서 일하고 있으니 쉽게 말해 그런 것이네요."

"계약이라……. 계약 내용이 뭔지는 모르겠지만, 부디 그 계약에 자네의 영혼을 팔지 않았으면 하네. 아무튼 저 신이 자네에게 속박되어 있다면 그 힘까지 자네 마음대로 다룰 수 있을 텐데? 아까 자네가 그랬던 것처럼."

"……?"

재오는 지장보살의 말에 전혀 이해할 수 없다는 표정을 지었다. 그 모습을 본 염라대왕이 대화에 끼어들며 재오를 나무란다.

"쯧쯧, 자네는 가전제품을 사고 설명서는 제대로 보지 않는 성격이로군. 계약이라면 분명히 저 검을 다룰 수 있는 방법이 있었을 텐데 그건 알아보지 않았다니."

"그런 성격이긴 하지만… 루시퍼 역시 계약 내용에 대해선 자세히 말하지 않았습니다. 너무 오래되어서 잊어버렸다고 했습니다만."

"자신을 속박하는 계약이니 당연히 자세히 알려주지 않았겠지."

지장보살은 잠시 생각을 하더니 조심스럽게 입을 열었다.

"계약 내용을 모르는 이상 내 짐작이 맞을지 어떨지는 모르겠지만…… 저 루시퍼라는 검은 태초의 힘이라네. 결코 살아 있는 인간이 다룰 수 있는 힘이 아니지. 그러한 힘이 인간에게 종속되었다는 것은 그 힘을 인간이 사용할 수 있다는 거야. 그리고 그 힘은 자네가 생각하는 그 이상의 힘일세. 결코 인간의 상상으로는 측정할 수도 없는 범위야."

"……?"

재오는 지장보살의 말을 도통 이해할 수가 없었다. 그가 다시 물어보려고 하자 답답하다는 듯 염라대왕이 소리치며 끼어들었다.

"그러니까 자네가 원하는 대로 다 이뤄진다고! 지장보살님, 무슨 말을 그리 어렵게 하십니까? 누가 보살님 아니랄까 봐! 옆에서 보는 제가 다 답답합니다!"

"……?"

"자네는 지극히 현실적인 인간이군. 그런 인간에게 비현실적인 힘이 왔으니 제대로 사용하지 못할 수밖에. 현실적으로 생각하지 말고 비현실적으로 생각하게. 어차피 자네가 사용하는 힘 자체가 비현실적인 힘 아닌가?"

여전히 의아한 표정을 짓고 잇는 재오에게 염라대왕은 빠르고 간단하게 대답했고, 재오는 잔뜩 인상을 찌푸리다 고개를 기웃거리며 육망성의 마법진 앞에 섰다.

'내가 현실적이었던가? 그건 잘 모르겠군. 아무튼 짜증나는군, 그 계약이라는 것. 루시퍼가 되돌아오면 족쳐서라도 계약이라는 것을 알아봐야겠군.'

하지만 우선은 자신의 몸으로 들어가는 것이 중요했다. 마법진 앞에 선 재오는 골똘히 생각을 하다 크게 심호흡을 하고 조용히 입을 열었다.

"나는 마검 루시퍼의 주인 한재오. 루시퍼의 명에 따라 나의 육신을 지키고 있다면 그 육신의 영혼인 내가 돌아왔으니 나를 통과시켜라."

재오는 말을 마치고는 천천히 마법진 안으로 들어섰다. 마법진에는 어떠한 변화도 없었기에 재오는 다시 튕겨질 각오를 했지만, 그는 방금 전과는 다르게 아주 쉽게 마법진 안으로 들어섰다.

"어? 들어왔다."

마법진 안에 들어선 재오는 기쁜 마음에 지장보살을 바라보았다. 그 옆에 서서 찡그리고 있는 염라대왕과 달리 지장보살은 재오에게 어서 육신 안으로 들어가라는 손짓을 했다. 재오는 지장보살에게 꾸벅 크게 고개를 숙이고는 자신의 육신에 손을 대었다. 그리고 잠시 찾아온 어둠.

그가 눈을 떴을 때 재오는 바닥에 누워 있었다. 마법진 밖에 있어야 할 염라대왕과 지장보살의 모습은 보이질 않았다.

[이제 자네는 살아 있는 사람이니 우리의 모습은 보이질 않을 걸세. 아무튼 자네에 대한 일은 끝났으니 이제 우리는 가겠네. 나중에 그대가 죽었을 때 보세.]

어디선가 울리는 지장보살의 목소리. 지장보살의 목소리와 함께 그의 옆에서 구시렁거리는 염라대왕의 목소리가 들렸다.

재오는 지장보살이 가기 전에 마지막으로 생각났던 궁금증을 묻기 위해 소리쳤다.

"잠시만요! 한 가지 궁금한 게 있어요!"

[무엇인가? 더 이상 이승과 저승의 사람들이 섞여서는 안 되네만.]

"저는 기독교를 믿는데, 기독교를 믿는 사람도 저승, 정확히 말하면 불교의 저승에 가나요?"

'……'

재오의 말에 지장보살은 아무런 대답도 하지 않았다. 하지만 그의 옆에서 노발대발 소리 지르며 욕을 하는 염라대왕의 목소리가 들렸는데, 빌어먹을 기독교가 저승엔 왜 왔느냐고 울부짖고 있었다.

[어쩐지 저승명부에 이름이 적혀 있지 않더라. 나중에 천국이나 지옥에 가면 엽서라도 보내주게.]

그 말을 끝으로 지장보살, 그리고 염라대왕의 목소리는 들리지 않았다.

그들이 완전히 사라지자 서서히 몸을 움직여 보는 재오. 왠지 낯선 기운이 감돌았다.

"묘하군. 죽었다 살아났다……. 정말 꿈같은 일이군. 하긴, 루시퍼라는 존재를 만난 것 자체가 신기한 일이긴 하지."

그는 방바닥에 박혀 있는 마검 루시퍼를 집으려 하다가 무슨 생각에선지 집으려던 손을 거둬들였다.

"혹시 모르니까 루시퍼는 이대로 두자. 아직 당구장이 저승에 있으니까. 지금 검을 건드리면 혹시라도 잘못될 수도 있으니까 말이야."

그리고 당구장을 바라보며 그녀의 얼굴을 손으로 만져본

다. 지장보살과 염라대왕은 그녀가 죽었다고 했지만, 그녀의 몸에는 아직도 온기가 남아 있었다.

참 이상했다. 그녀의 맥을 짚어도 뛰지를 않았지만 온기만큼은 남아 마치 살아 있는 것처럼 보였다.

"아무튼 살아나라. 루시퍼 네가 이 녀석을 살리러 저승으로 갔다면 꼭 살려서 데려와. 저승에서 깽판을 치더라도 말이야. 만약 당구장을 못 데리고 온다면 널 영원히 검 안에 살도록 하겠어."

*　　　*　　　*

재오가 당구장을 바라보며 부드럽게 말하고 있을 때, 루시퍼는 저승에서 한기를 느끼고 있었다. 그들은 여전히 도산지옥 숲을 달리며 당구장을 공격하는 나뭇가지와 수풀의 공격을 막아내고 있었는데, 갑자기 루시퍼가 몸을 벌벌 떨자 의아한 당구장이 그에게 물었다.

"루시퍼 씨, 왜 그래요?"

"아니, 갑자기 한기가 돌아서 말이야."

"지금 숲이 내뻗는 공격을 막느라 땀날 지경인데 한기는 무슨."

"……"

며칠이 지났는 지도 모른다. 저승의 태양은 지지도 않고 환한 빛을 계속 발산하고 있었기에 잠시라도 한눈을 팔면 얼마만큼의 시간이 지났는 지 파악이 불가능했다.

저승의 해가 지지 않는다는 것을 깨달은 것은 세준이었다. 느낌상 밤이 분명했는데도 태양이 떠 있자 그는 의아함을 나타냈고, 그때부터 자신의 손목시계를 체크한 후에야 저승의 태양은 지지 않는다는 것을 알아냈던 것이다. 저승의 태양이 지지 않는다는 것을 알게 되자 루시퍼는 크게 놀라며 세준에게 물었다.

"원래 저승은 낮만 계속되는 거냐?"

"그걸 왜 저한테 물어요? 루시퍼 씨 아니었으면 살아서 이곳에 올 일 없었다고요."

"여긴 니들의 세계관이 반영된 곳이니까 네가 잘 알 거 아냐. 저승에 대해서도 잘 알고 있었고. 그럼 낮만 계속되는 현상에 대해서 뭐 들었을 거 아냐?"

"그런 현상에 대해선 들은 적 없어요. 다만 하나의 지옥을 통과할 때는 7일이 걸린다는 것만 알아요."

"설마 이 숲의 공격을 막아내면서 7일 동안을 가야 한다는 건가요?"

둘의 이야기를 듣고 있던 당구장이 울상을 하며 세준에게 물었다. 하지만 그런 그녀의 말에 대꾸를 한 건 루시퍼였다.

"왜 놀라? 그래 봤자 넌 영혼인데. 문제가 된다면 세준이 되겠지."

"우씨, 힘들잖아요! 팔에 쥐가 나기 시작했다고요."

"엄살은. 네 몸이 지칠 때마다 내가 다시 활력을 넣어주고 있잖아."

"어쨌든 7일 동안 이 짓을 계속해야 하다니! 이건 미친 짓이라고요!"

"그럼 나뭇가지에 찔리든지."

아무렇지 않게 말하는 루시퍼에게 당구장은 대꾸하기를 포기했다.

순간 성질이 난 당구장이지만, 어차피 그녀는 루시퍼의 보호를 계속 받아야 할 입장이기 때문에 잠자코 그의 말을 묵인하기로 했다. 그리고 이런 X 같은 루시퍼를 데리고 있는 재오가 참 대단하다고 생각했다.

어쨌든 한 치의 쉴 틈 없이 숲의 공격을 막으며 내리 7일을 달렸다. 하지만 7일이 지났지만 그들은 여전히 숲 속이었고, 오솔길은 끝날 생각을 하지 않았다.

"세준 선배, 7일이라면서요?!"

결국 당구장은 눈물을 흘리며 세준에게 고함을 쳤는데, 그러면서도 그녀는 날아오는 나뭇가지들을 막기에 정신없었다.

7일쯤 지나자 루시퍼는 당구장의 몸에서 완전히 손을 떼고 그녀가 지칠 때마다 버프만 해주고 있었다.

짧기는 하지만 그사이 당구장의 실력은 일취월장해서 자신에게 날아드는 나뭇가지들을 완벽히 봉쇄하고 있었다.

하지만 7일을 쉬지 않고 그들의 공격을 막고 있는 탓에 그녀의 이성은 붕괴되고 있는 중이었다.

"그, 글쎄, 내가 듣기로는 7일이 맞는데……."

"솔직히 나도 좀 지루하긴 하군. 재오도 그때 그 이후로 마법 연습을 중단했는지 잠잠하고. 그런데 대체 얼마나 더 달려야 그 지옥이라는 곳이 나오는 거야? 아니, 정확히 말하면 재판장이라며? 죄지은 영혼을 심판하는. 진광대왕이라는 재판관이 있는 그 재판장 말이야."

루시퍼는 재오가 저승을 떠나 이승으로 갔다는 것을 모르고 있었다.

"그런데요, 재오 형님, 이렇게 놔둬도 되나요? 찾아야 하는 게 아닌가요?"

"뭘 찾아. 그냥 내버려 둬도 돼. 그 녀석은 시베리아 벌판이 아니라 우주 어느 행성에 떨어뜨려 놔도 살아남을 놈이니까. 게다가 그동안 내가 그놈에게 당한 것도 있으니 이번 기회에 톡톡히 고생을 해봐도 괜찮아. 크흑."

루시퍼는 분명 재오의 고생을 즐기고 있었다. 아니, 분명 재오가 고생할 것이라 생각하고 좋아하고 있었던 것이다.

"그러다 저승에서 사고라도 치면 어쩌고요?"

"사고? 저승에서 무슨 사고를 쳐? 사고를 쳐봤자 마법으로 지랄하는 것밖에 더 있냐? 그래 봤자 지가 사는 세상의 저승인데. 크흑흑."

루시퍼의 대답에 떨떠름한 표정을 짓는 세준이었지만 딱히 반박하고 싶은 마음이 생기지 않았기에 그냥 넘어가기로 했다.

더구나 그들이 대화를 하고 있는 그 순간에도 당구장의 광기는 계속되고 있었다.

"으아악!! 진광대왕! 진광대왕 나오라고! 대체 여기가 어디냐고! 대체 얼마나 더 가야 하는 거야!"

이미 이성을 상실했는지 당구장은 게거품을 물기 시작했는데, 루시퍼와 대화를 하느라 그녀의 옆에 바짝 붙어 있던 세준이 혹시라도 그녀의 광기가 자신에게 꽂힐까 봐 살며시 거리를 두고 떨어졌다.

"진정해. 이렇게 흥분할 건 없잖아."

"뭘 어떻게 진정해요! 일주일 내내 이 짓을 하고 있어 봐요! 루시퍼 씨는 진정이 되겠는가! 해는 일주일째 계속 떠 있고 지금까지 쉬지 않고 달리며 이 숲의 공격을 막아냈는데, 오솔길은 끝날 생각을 않는다고요!"

"뭐, 지금은 고생하지만 나중에 이승으로 가면 지금의 고생이 네 실력이 될 테니 너무 흥분하지 말라고."

"어? 이승으로 간다니요? 그리고 지금 이게 내 실력이 된다고요?"

루시퍼의 말에 놀라 휘두르던 검을 멈추려던 당구장은 빈틈을 파고드는 나뭇가지를 잽싸게 잘라내고 다시 쌩쌩 검을 빠르게 휘두른다.

"어? 말 안 했냐? 우리, 널 구하러 왔어."

"정말요? 저 죽은 거 아니에요?"

"죽었지. 하지만 다시 데려가야지."

당구장은 태연한 루시퍼의 말에 입이 쩍 벌어지며 좋아했다. 하지만 금세 의아한 생각이 들어 루시퍼에게 질문을 퍼붓는다.

"근데 그걸 왜 지금에서야 이야기해요? 그리고 어떻게요? 데리고 가려면 지금 당장 데려가지 왜 도산지옥까지 가는 건데요? 지금 가면 안 돼요?

숨도 쉬지 않고 말하는 것이라 당구장의 입에서 침이 튀어 루시퍼의 검날에 묻었다.

"으, 드럽게! 암튼 걱정 마. 재오가 너 죽었다는 걸 알면 나보고 살려내라고 떼를 쓸 테니까 더 늦기 전에 내가 직접 널 데리러 온 거라고. 예전처럼 시간을 돌리거나 하면 내가 난처해지거든. 지금도 그것으로 충분히 고생하고 있다고."

"시간을 돌려요?"

세준이었다.

루시퍼의 말을 들은 세준은 당구장에게 다가와 그 말에 대한 설명을 재촉했고, 루시퍼의 설명을 듣고는 너무나 놀라 아무런 말도 하지 못했다. 말을 하지 못한 건 당구장도 마찬가지였다.

"이지원이… 죽었었다고요? 그래서 시간을 되돌렸다니."

"그때 재오 녀석, 제 목숨과 지원의 목숨을 맞바꾸려고 했다니까. 뭐 그게 더 쉽다고 할 수 있었지만, 나의 계약자인 이상 그 녀석을 죽게 할 순 없었거든. 그때 내가 유일하게 할 수 있었던 것이 시간을 되돌리는 것이었지. 아무튼 재오 녀석이 네가 죽었다는 것을 알면 그보다 더한 짓을 할 거란 말이야. 그 녀석, 적어도 자신의 주변에 있는 사람들에게 피해 가지 않게 주의하고 있었으니까."

루시퍼의 말에 당구장은 가슴이 뭉클하면서 동시에 울적해진다.

가슴이 뭉클해진 것은 죽은 자신을 위해 재오가 그의 목숨과 맞바꾸려 할 수도 있다는 말 때문이고, 울적해진 이유는 이미 지원을 위해 목숨을 맞바꾸려 했다는 말 때문이다.

'쳇, 지원이가 먼저라니. 아무튼 한재오 씨, 이제 뒤에서 욕하지 않을게. 나중에 살아나면 잘해줄게, 한재오 씨.'

"그런데 어떻게 살려내게요? 난 분명히 죽었잖아요. 저승사자의 저승명부에도 내 이름이 적혀 있다고 했는데."

"몰라. 일단 그 진광인가 뭔가 하는 재판장에게 가고 난 뒤에 생각하자고."

"헤헥!"

대책 없는 루시퍼의 말에 당구장은 손이 부르르 떨렸다.

'이 사람, 믿을 수 있는 거야? 그래도 재오는 어떤 일이든지 믿음직했는데. 루시퍼 씨랑 같이 있다 보니 한재오가 너무도 사랑스러워지는군.'

하지만 세준은 루시퍼의 말을 곧이곧대로 믿지 않았다. 아주 짧은 시간이지만 세준은 루시퍼가 당구장을 위해 저승에 올 인물이 아니라는 것을 짐작할 수 있었는데, 재오의 핑계를 댔다지만 분명 재오나 루시퍼와 관계된 일이 있으리라 생각했다.

루시퍼 그는 자신과 자신의 계약자인 재오의 안위를 따지는 이기적인 성격인데, 그런 그가 당구장을 위해 저승으로 올 리가 없었다.

비록 재오가 날뛴다고 해도 당구장은 루시퍼의 범위에서 벗어난 인물이었기 때문이다.

하지만 세준은 자신이 짐작한 것을 내색하지 않고 다른 질문을 그에게 던졌다.

"그런데 지금의 고생이 이승에서도 통한다는 게 무슨 말입니까?"

세준의 질문에 당구장도 생각이 났다는 듯 대답을 재촉했다.

"기의 훈련이지. 어쨌든 여긴 저승 세계야. 저승 세계만큼 마나가 풍부한 곳도 없어. 이승에서 마나를 100% 느낀다면 저승에서는 이승의 두 배, 아니, 몇 배 되는 양으로 느낀다고. 왜냐면 저승은 마나로 이뤄진 세상이거든. 영적인 세계. 완전한 마나의 세계지."

"하지만 이승으로 간다면 그 200%에서 100%가 된다는 이야기지 않습니까? 여기서 느끼는 것의 반 이하로 떨어질 텐데요."

"쯧. 마나만 따지면 그런데, 기억이라는 것이 있잖아. 그거 무시 못한다고. 한번 다뤄본 적이 있으면 나중에 쉽게 지금 도달했던 경지에 이를 수 있지. 한 번 경험하면 그게 영혼이든 육체든 어딘가에 저장이 된다고."

"하지만 난 이제 겨우 마나를 느끼기 시작했는데요? 어떻게 사용하는지도 몰라요."

"검술은 죽 쒀서 남 줄래? 그것도 기억에 남는다. 넌 검술만으로도 너희 세계 사람들이 배우지 못하는 것을 배운 거야."

타박을 하듯 루시퍼가 나무라자 당구장은 입술을 삐죽 내밀었다.

하지만 당구장은 이내 표정을 달리해 조심스럽게 루시퍼에게 묻는다.

"그런데요, 저는 어떻게 살려낼 거예요? 약간이라도 좋으니 뭐 생각이 있으실 거잖아요. 살짝 말해주시면 안 돼요?"

"생각 같은 건 내 적성에 안 맞는데?"

"에이, 그러지 말고요."

"뭐, 우겨야지."

"……?"

대책 없는 루시퍼의 말에 당구장이 계속 대답을 요구하자, 루시퍼는 귀찮다는 듯 대충 이야길 시작했다.

"인간이 죽으면 육체와 영혼에 연결되어 있던 선이 떨

어져 나가. 그 선을 내가 이어놨거든. 원래 그러면 안 되는데 내가 그냥 해놨어. 그런데 내가 임시로 연결해 놓은 거라 지금은 언제든지 끊을 수 있어. 연결이 매우 얇거든. 하지만 시간이 지나면 그 연결된 선이 굵어져서 제아무리 죽음의 신이라고 해도 함부로 못 끊어. 그러니까 우겨야 지."

"와! 그럼 시간이 오래 걸릴수록 이득이네요?"

"그렇지, 뭐. 큿."

그러자 방금 전까지 짜증을 냈던 당구장의 표정이 금세 환해졌다. 세준은 그녀의 귀가 얇다는 것은 알고 있었는데, 설마 루시퍼의 말에 혹하고 넘어갈 줄은 꿈에도 생각하지 못했다.

'이민경에서 당구장으로 이름을 바꿀 때부터 짐작하긴 했지만 이건 너무 심한데? 넘어갈 사람이 없어서 루시퍼 씨의 말에 넘어가냐? 그럼 대체 나에게 라이벌 의식을 느낀 건 대체 누구 말에 넘어갔던 거야?'

그동안 당구장이 가지고 있던 라이벌 의식으로 인해 그녀와 상당한 거리를 두고 지내왔던 세준이다. 이런 허점 많은 사람과 껄끄러운 관계였다는 것에 괜히 울화가 치밀어 올랐다.

'그냥 뻐꾸기 날리면 됐을 것을 괜히 거리를 뒀네. 젠장

맞을.'

어쨌든 신이 난 당구장은 힘을 내 검을 휘둘렀고, 그들은 그렇게 30일을 달려 도산지옥의 중앙, 진광대왕이 있는 법전 앞에 도달할 수 있었다.

Chapter
03

예상치 못한 인질

인영은 여전히 두 눈이 가려져 있었다.

늘대인간은 그녀의 두 손 두 발을 묶어놓고 매번 끼니때만 찾아와 먹을 것을 '먹여주고'는 사라졌다. 인영은 이럴바엔 차라리 죽이라고 소리를 쳤지만, 무슨 생각에서인지 늘대인간은 인영의 털끝 하나 건드리지 않았다. 그저 인영의 몸속 어딘가에서 뿜어져 나오는 조각의 기운을 탐지할뿐이었는데, 그것의 정확한 위치는 매번 밝혀내지 못하고 있었다. 인영은 처음엔 자신의 몸속에서 느껴진다는 조각의 기운을 느낄 수 없었지만, 약간의 시간이 지나자 그녀

스스로도 자신의 몸에서 조각의 기운이 느껴진다는 것을 깨닫게 되었다. 하지만 그녀 역시 몸속 어디에서 그것이 느껴지는지는 알지 못했다.

예측할 수 없는 인영의 상황에 대한 대비도 찾지 못한 채 시간은 계속 흘러갔고, 그렇게 한참의 시간이 지났다.

어느 날 늑대인간은 다른 인질을 데려왔는데, 인영보다 나이가 많아 보이는 여자였다. 늑대인간은 그녀를 던져두고는 황급히 그곳을 빠져나갔다.

은은한 향수 냄새를 통해 분명히 그 인질이 여자라는 것을 확인할 수 있었는데, 그 여자 역시 두 눈이 가려진 듯 목소리를 통해 서로 인사를 나눴다. 그런데 인영이 생각하기에 그 여자는 좀 이상했다.

보통의 여자라면 이런 상황에서 울거나 아니면 겁을 잔뜩 집어먹어야 할 텐데 그 여자는 이상하리만큼 태연했다.

"혹시 제가 여기 왜 끌려왔는지 알아요? 저 늑대인간은 아무리 물어봐도 그걸 안 알려주더군요."

"……."

여자의 담대함에 인영은 원래 그런 성격인가 하는 생각을 했지만 그녀의 말투나 화법, 그리고 기타 여러 가지가 인영이 아는 누군가를 연상케 했다.

'목소리에 왠지 모를 뻔뻔함이 담겨 있어. 여자 한재오를

보는 듯한 기분. 왠지 불길해.'

그런데 문득 익숙한 기운이 그녀의 몸속에서 느껴졌다.

"어? 보호 아티팩트다!"

"보호 아티팩트? 그건 뭐예요? 먹는 거예요?"

루시퍼와 한재오가 보호 아티팩트를 만들 때 그들 옆에서 그 과정을 지켜본 인영이었기에 절대 착각할 리 없는 기운이다.

'왜 보호 아티팩트의 기운이 저 여자에게서 느껴지지? 재오는 보호 아티팩트를 자신의 가족과 지원이라는 여자한테 사용한다고 했는데?'

"혹시 한재오라고 알아요?"

"한재오? 걔 우리 오빤데. 아가씨는 한재오랑 어떤 사이예요?

"오빠? 무슨 오빠?"

"우리 친오빠요."

"……!"

인영은 순간 반가운 마음이 들었다.

설마 재오의 동생이었을 줄이야.

'그런데 재오 동생 나이가 몇 살이었더라? 저번에 얼핏 지나가는 투로 들었는데 기억이 안 나네.'

"저는 한재오 친구예요!"

"아, 정말? 정말 재오 오빠 친구예요? 전 한재희라고 해요. 잘 부탁드릴게요."

그녀들은 금세 하하, 호호 이야길 나누며 금세 친해졌다.

인영이 재오의 친구라는 걸 안 재희는 꼬박꼬박 인영에게 존댓말을 했고, 인영 역시 재희에게 반말로 대하며 친근감을 나타냈다. 한참을 이야기하는데 재희가 아리송한 목소리를 내었다.

"근데 언니는 목소리가 엄청 어려 보인다. 서른다섯 살 맞아요?"

"웅? 나 스물여덟 살인데?"

그 순간, 갑자기 분위기가 싸해졌다. 영문을 알 수 없는 인영은 고개를 갸웃거리며 재희에게 물었다.

"갑자기 왜 그래?"

"스물여덟? 어떻게 재오 오빠랑 친구가 되었죠? 오빠는 서른다섯 살인데?"

"아!"

원래 인영의 성격이 타인을 스스럼없이 대하는 면도 있었지만, 그녀의 직업상 나이에 관계없이 하대하는 탓도 있었으리라. 또한 재오가 인영이 반말하는 것에 대해 어떠한 제재도 가하지 않았기에 인영은 그와의 나이 차를 잊어버리고 있었다. 게다가 그녀가 처한 상황이 상황인지라 그깟 나이는 따질 여유도 없었던 것도 한몫했다.

재희의 목소리가 싸해지자 인영은 무언가 잘못되었다는 것을 느끼고는 재희에게 하대하던 것을 곧바로 존대로 바꾸었다.

"재오 동생 분의 나이는 어떻게 되시는데요?"

"서른둘."

"언니라 부를게요."

"나한테만? 우리 오빠 나이가 서른다섯이야. 우리 오빠가 여자들에겐 한없이 너그러운 경향이 있어서 네가 반말을 해도 상관 안 했을 테지만, 네가 나한테만 존대를 하고 오빠한테는 하대를 하면 서열 정리가 안 되지 않니?"

"네, 재오 오빠에게도 오빠라고 부를게요."

단호하게 말하는 것은 재오랑 똑같았다. 인영은 다소 풀이 죽어 말했지만 그녀의 말을 들은 재희의 목소리는 구김없이 밝아졌다.

"그래, 그래야 착한 아가씨지."

싸늘했던 분위기는 다시 밝아졌고, 그녀들은 다시 수다를 떨기 시작했다. 그녀들이 한참 수다를 떨고 있을 무렵, 재오는 재희의 집 거실에 서서 이를 부득부득 갈고 있었다.

"이런 개새끼! 감히 내 동생을 납치해?"

투명 마법으로 모습을 숨긴 재오는 재희의 집 거실에 서서 늑대인간이 남긴 그의 털을 바라보고 있었다. 분명히 인영의 신당에서 찾았던 그 늑대의 털과 같은 종류의 것이다.

저승에서 되돌아온 그는 우선 이승에서의 시간이 채 하루도 지나지 않았다는 것을 깨달았다. 재오는 아놀드 레이가 루시퍼의 손에 죽었다는 것을 알지 못하고, 오히려 아놀드 레이에게 자신이 죽은 사실을 지금쯤 호랑이가 알고 있으리란 생각을 했다. 자신이 죽었기에 혹시라도 자신의 가족들에게 어떠한 해코지를 할지 몰라 몸을 숨긴 채 재희의 집을 찾았던 것인데, 재희는 보이지 않고 대신 늑대인간의 털을 발견한 것이다.

도대체 늑대인간이 왜 재희를 데려간 거지?

처음엔 절대 아니라고 생각했지만, 곰곰이 생각할수록 재희를 데려간 이유는 하나밖에 없었다.

조각으로 만든 보호 아티팩트.

*   *   *

지원은 재오가 마련한 호텔에서 조용히 잘 지내고 있었다. 강민영 변호사 역시 아무 일 없이 주)루시퍼의 연구소에서 일 잘하고 있었고, 재오의 부모님 또한 시골집에서 잘 지내고 있었다. 세준에게 연락을 취해 아놀드 레이에 대한 대책을 마련하려 했지만 세준은 연락이 되지 않았다. 그의 몸속에 넣어둔 보호 아티팩트 역시 반응하지 않았기에 재오는 그가 아놀드 레이에게 죽임을 당했다고 생각했다. 당구장은 불행히도 지금은 죽은 상태이고.

"미치고 환장하겠네. 진짜 보호 아티팩트 때문이야?"

그들 피스는 조각을 찾고 있다고 했다.

보호 아티팩트도 루시퍼의 조각으로 만들었다. 그럼 정말 보호 아티팩트의 기운을 느끼고 재희를 데려간 건가? 보호 아티팩트가 원래 조각의 악한 기운을 지우고 만든 것이라 피스들의 조각과는 다른 것인데, 조각은 조각이라 이건가?

늑대인간은 처음 유인영을 납치했다. 그리고 지금은 재희.

인영은 늑대인간에게 노출되어 있었기에 그녀의 몸속에 있는 보호 아티팩트와 연관해서 생각할 수 없었다. 하지만 재희와 늑대인간을 연관시킬 수 있는 건 재희의 몸속에 있는 보호 아티팩트밖에 없었다.

그럼 부모님과 지원, 그리고 강민영 변호사는? 왜 그들은 데려가지 않았지?

물론 재오의 생각은 불확실한 가정일 뿐이다. 하지만 거

기까지 생각한 재오는 황급히 몸을 움직여 지원에게 텔레
포트했다.

만약 늑대인간이 보호 아티팩트를 느끼고 재희를 데려갔
다면 다음 인물은 이지원, 아니, 지금은 이름을 바꾼 '에마'
일 것이 분명했다. 물론 강민영도 다음 타깃이 될 가능성이
없지 않았지만, 남자보다는 여자가 납치하기엔 쉬웠기 때
문이다.

에마는 재오가 비밀리에 마련해 준 호텔에 묵고 있었다.

아놀드 레이가 에마를 감시할 때 재오의 변신 마법을 사
용해 그녀를 빼내와 호텔에 묵게 했던 것이다.

평소 때의 재오라면 호텔 근처까지 텔레포트한 후 호텔
에 있는 에마의 방까지 걸어갔겠지만 상황이 상황인지라
재오는 에마가 묵고 있는 호텔방으로 단숨에 텔레포트했
다.

다행히 에마는 거실 테이블에 엎드려 잠을 자고 있었다.

샴페인을 마시고 잠에 빠진 듯 테이블 위엔 작은 샴페인
병과 샴페인 잔이 놓여 있었는데, 잠들기 전까지 노래 연습
을 했는지 악보가 샴페인 병 옆에 펼쳐져 있다. 엎드려 커
다란 기타를 품고 있는 것이 기타를 치며 노래 연습을 했던
모양이다.

"애가 기타도 칠 줄 알았나?"

지원은 고등학교 때 선배의 권유로 록 밴드 활동을 했다. 새오가 알기로는 그때 분명 보컬로 활동했고, 그 당시 그녀의 목소리를 들은 어느 연예 기획사에서 스카우트 제의가 들어왔던 것으로 알고 있다.

"록 밴드에서 노래만 불렀던 건 아니었나 보군. 음, 상상해 보니 꽤 멋진데? 기타 치는 보컬이라……."

재오는 에마를 편히 자게 하기 위해 그녀를 안아 침실로 데려가려 했다.

테이블이 흔들려 샴페인이 떨어지지 않도록 조심스럽게 에마를 안아 들려는데, 호텔방 밖에서 노크 소리가 들렸다.

"계세요? 룸서비스입니다. 맡기신 세탁물 가지고 왔습니다."

재오는 대답을 하려고 했으나 자신이 투명 마법을 쓰고 있다는 것을 알고는 조용히 입을 다물었다. 게다가 룸서비스는 에마가 혼자 지내고 있다는 것을 알 텐데, 갑자기 자신이 나타나면 에마를 이상하게 생각할 수도 있었기 때문이다.

재오가 에마 옆에 서 가만히 있자 여러 번의 노크 소리가 들리더니 잠잠해졌다. 재오는 룸서비스 직원이 되돌아간 줄 알았다. 그런데 한참의 사이를 두고 방문 문고리가 덜그

럭거리는 것이 아닌가?

작지만 끼리릭 하는 소리가 들리더니 이윽고 방문의 자물쇠가 탁! 하는 소리가 나더니 조용히 문이 열렸다.

재오는 눈살을 찌푸리고 곤히 잠든 에마를 봤지만 그녀는 깨어날 생각을 하지 않았다. 그녀가 깊은 잠에 빠졌다고 생각한 재오는 그녀를 툭 쳤다. 하지만 에마는 문이 완전히 닫힐 때까지도 깨어나지 않았다. 몇 번을 흔들어도 깨어나지 않자 답답해진 재오는 문득 테이블 위에 놓인 샴페인으로 시선이 쏠렸다.

'설마 수면제?'

문을 닫고 들어온 남자는 잠든 에마를 바라보며 천천히 걸어오고 있었다.

20대 후반의 젊은 남자, 그는 잠든 에마를 보고 씨익 웃음 지었다.

저놈이 늑대인간인가?

재오는 황급히 마나를 끌어 모았다. 재오는 늑대인간으로 추정되는 젊은 남자가 에마에게 손을 댈 때를 노려 공격할 생각이었는데, 에마의 어깨에 손을 대려던 젊은 남자가 불현듯 손을 멈췄다. 그의 손끝과 에마와의 거리는 불과 몇 센티미터밖에 되지 않는다.

재오는 그 남자가 공포감에 표정이 변한 것을 뚜렷이 확인할 수 있었다.

재오는 믿을 수가 없었다. 그때까지도 그는 투명 마법을
계속 시전하고 있었기 때문이다.

침을 꿀꺽 삼키며 두 눈을 요리조리 굴리는 남자. 이윽
고 남자의 시선은 정확히 재오가 서 있는 곳에 멈췄고, 순
간 당황한 재오가 손을 뻗어 마법을 남자에게 날리려 했
다. 하지만 남자의 반응이 더 빨랐다. 순식간에 늑대인간
으로 변한 남자는 재오에게 기다란 손톱을 쓰윽 날리고는
호텔방을 후다닥 뛰쳐나갔다. 가까스로 늑대인간의 공격
을 피한 재오는 뒤로 넘어지고 말았는데, 황당한 상황이었
던지라 자리에서 일어나 늑대인간을 쫓아갈 생각을 하지
못했다.

"어, 어떻게 내가 있는 곳을 알았지?"

뒤늦게 놀란 가슴을 진정시킨 재오는 자리에 일어나 늑
대인간이 사라진 복도를 한번 살펴보고는 문을 굳게 걸어
잠갔다. 어쨌든 에마를 혼자 둬서는 안 되었다.

"대체 무슨 수작을 부린 거야? 어떻게 내가 있는 곳을 알
아낸 거지? 소리? 아냐. 절대 아무런 소리를 낸 적 없어. 그
럼 어떻게?"

재오는 머리가 혼란스러웠다.

재오는 차근차근 방금 전의 상황을 다시 정리해 봤다.

"분명해. 놈은 처음 내가 있는 것을 몰랐다. 하지만 놈은 어느 순간 나의 낌새를 알아챘어. 그놈이 에마에게 손을 대려 했을 때, 나는 마법을 시전하기 위해 마나를 모았어. 그 과정에서 나는 절대 동작을 크게 하지도 않았고 어떠한 소리도 내지 않았어. 놈이 내 기척을 알아낼 만한 행동은 하지 않았다고. 설마 마나? 마나의 움직임을 느낀 거야?"

잠시 재오의 머릿속이 멍해졌다.

아니, 그는 황급히 예전에 루시퍼가 했던 말들을 끄집어내 생각해 보았다.

조각이 가진 힘과 재오가 사용하는 마법은 상당히 다른 힘이라 했다. 쉽게 예를 들어 설명하자면, 조각이 가진 힘은 초능력이고, 재오가 가진 힘은 마법이다. 마법을 사용하는 입장에서 볼 때 초능력은 미지의 힘이었는데, 마법은 '마나'란 매개체를 과학적인 측면에서 분해하고 재구성해 그에 합당한 결과를 내는, 이른바 '마법 과학'이었다. 하지만 초능력은 달랐다. '마나'라는 매개체를 사용하는 것은 같으나, 초능력은 그 '마나'를 사용자의 의지로 사용하는 것이다. 마법처럼 마나의 분해와 재구성을 통해 사용하는 것이 아닌, 사용자의 의지만으로 결과물을 도출해 내는 게 바로 초능력이었다.

인영이 가진 힘만 봐도 그렇다.

아니, 그녀가 가진 '무녀'의 힘은 또 다른 분류법으로 구분되는데, 무녀의 힘은 영혼(마나의 집합체)으로 이뤄진 힘을 빌려 사용하는 것이었다. 하지만 인영은 그러한 힘과 함께 그녀의 몸속에 직접 조각의 힘(초능력)을 넣어 사용했던 것이다. 어쨌든 인영의 초능력이라고 할 수 있는 물을 다루는 능력이 바로 조각과 같은 힘이었는데, 그러한 힘은 본능에 가까운 힘이라 그랬다. 마나를 움직이는 게 이성이라면 조각이나 인영처럼 사용하는 힘을 본능이라고 할 수 있는 것이다.

여하튼 그 힘을 구동하는 방식이 다르기에 이성과 본능의 힘은 서로 다를 수밖에 없었다.

구동하는 방식이 다르다는 것은 그 힘의 매개가 되는 '마나'를 느낄 수 있다고 해도 구동되는 방식을 알지 못하는 이상 그 힘이 구현될 때까지 이뤄지는 마나의 움직임을 탐지하지 못한다는 뜻이기도 했다.

"하도 어려운 이야기라서 대충 듣고 말았는데 루시퍼 녀석이 분명 그랬지. 같은 마법사끼리 싸울 때는 상대방이 마나를 모으고 언제 마법을 발동시킬 지 쉽게 예측할 수 있지만, 마법사와 무사가 싸울 때는 상대방이 언제 기와 마법을 발동시킬 지 정확히 예측하지 못한다고. 크고 강한 힘을 사용하는 마법사에 비해 무사들은 작은 기를 크게 증폭시켜 사용하기에 마법사들은 무사들에게 약할 수밖에 없지만 말이야."

혼잣말로 중얼거리던 재오는 불현듯 무언가 떠올랐다.

"마법사는 무사들에게 약하지. 무사보다 강한 힘을 사용하고 큰 힘을 사용하기 위해선 그만큼 무사보다 오랜 시간이 걸리기 때문이지. 본능과 이성, 거기에 무사와 마법사? 본능과 무사에 해당되는 조각보다 커다란 힘을 사용하기에 그들에게 쉽게 발각되었던 것인가?"

재오는 루시퍼가 무사와 마법사의 차이에 대해 말해줬던 것을 기억해 냈다.

일반적으로 마법사는 무사에게 약했다. 하지만 마법사가 다루는 마나의 힘은 그들이 기라고 부르는 힘보다 몇 십 배나 커다란 힘이다. 그럼에도 불구하고 마법사들은 무사에게 약했는데, 그것은 전적으로 마나에 의존하는 마법사와 달리 무사들은 육체적인 능력에 마나(무사들의 말로는 기(氣))를 더해 육체적 능력을 순간적으로 증폭시키기 때문이라 했다.

상대적으로 육체적 능력이 무사보다 떨어지는 마법사들이기 때문에 무사와 마법사의 싸움은 절대적으로 마법사가 불리할 수밖에 없다는 것이다. 물론 이것은 마법사와 무사 1:1의 상황을 전제로 한 것이다.

곰곰이 생각해 보니 조각과 무사는 유달리 비슷해 보였다.

"늑대인간의 경우에 한해서일지도 모르지. 하지만 늑대인간을 포함한 조각 모두의 기운을 느낄 수 없었다. 그렇다는 것은 아마 그들의 힘은 거의 비슷하다고 해도 틀리진 않을 거야. 무사에 가까운 조각들의 힘, 아니, 본능. 본능을 사용하는 초능력자들과 무사들은 확실히 다르지만 지금은 비슷하다고 결론을 내릴 수밖에 없군."

재오 자신이 마법사인지라 그가 내린 결론이 마음에 들진 않았지만 적어도 늑대인간이 자신의 기척을 알아낸 이유를 찾을 수 있었다. 어쨌든 재오의 힘이 늑대인간보다 컸기에 주의를 했음에도 불구하고 늑대인간이 재오가 그곳에 있다는 것을 알아낼 수 있었던 것이었다.

하지만 또 다른 의문이 들었다.

"그럼 루시퍼 자식은 왜 그들을 못 느낀 거지? 나랑 조각들의 관계는 그렇다고 해도 루시퍼는 다르잖아? 모든 힘의 집합체라더니?"

하지만 문득 루시퍼가 알아채지 못할 만하다고는 생각이 들었다. 그러나 재오는 더 이상 깊게 생각하지 않았는데, 루시퍼 생각을 하자 울컥 짜증이 났기 때문이다.

"어쨌든 그 녀석이 개입되면 상당히 비논리적이 되어버

린다. 최근 들어서 느낀 거지만, 그 녀석은 이성적인 법칙에서 완전히 벗어나는 놈이야. 무조건 그 녀석은 경우의 수에서 제외."

이런저런 생각을 하던 재오는 자신이 저승에 있을 때를 기억해 냈다. 그때, 마나를 모으던 중 자신이 익혔던 마법과는 전혀 다른 힘을 사용했을 때를 말이다.

"마법과 초능력을⋯ 동시에 사용할 수 있나? 본질적으로 따지자면 다르다는 것은 그 성질이 같지 않다는 건데, 그렇게 따지고 보면 마법을 익힌 나는 초능력을 사용할 수 없다는 말이 되는데⋯⋯."

스스로도 확신할 수 없는 듯 재오는 말끝을 흐렸다. 하지만 그는 정확히 기억하고 있었는데, 그때 사용했던 건 마법이 아닌 조각, 초능력에 가까운 힘이었다.

"해보지, 뭐. 염라대왕이 말했지. 루시퍼 자체가 비현실이라고."

재오는 저승에서 사용했던 힘의 기운을 되살리기 위해 두 눈을 감았다.

천천히 마나를 모으는 재오. 저승의 훈련이 도움이 되었던지 재오는 현재 9서클의 마력을 가질 수 있었다. 저승에서는 꽤 오랜 시간이 흘렀다고 하지만, 이승에서는 채 한 시간도 못 되는 시간 안에 이룬 성과다. 그것도 루시퍼의 도움 없이 말이다.

하지만 자신의 노력으로 이룬 성과에 루시퍼의 힘이 느껴진다는 지장보살의 말이 생각나 문득 두려운 맘이 일었으나, 어차피 이 힘 자체가 루시퍼에게 나온 것이었기에 무시하기로 했다.

'될 대로 되라지.'

재오는 끌어 모은 마나를 그대로 몸 안에 품어두려 노력했다.

저승에서 정체 모를 힘을 사용했을 때 재오는 마나를 모으는 중이었다. 좌도대왕의 말에 짜증난 재오가 무심코 흔든 손짓에 정체 모를 힘의 구체가 생성되었는데 그땐 아무런 생각 없이 마나를 모아두고만 있었다.

'나는 마나를 마력으로 변환시킨 줄 알았는데 그게 아니었다. 분명 마나의 상태였어. 그냥 그 마나가 내 몸속에 들어와 내 손짓에 반응한 거야. 뭐랄까, 그저 마나를 내 몸 안에 받아들인… 유아일체…….'

그리고 재오가 그때 느꼈던 힘을 다시 사용하려는 찰나, 에마가 잠에서 깨어났다.

"이제 일어났니?"

"어? 재오 오빠?"

에마가 꿈틀거리며 잠에서 깨자 재오는 황급히 투명 마

법을 풀고는 그녀 앞에 모습을 드러냈다. 재오가 자신의 눈 앞에 있자 꿈인지 생시인지 구분이 안 가는 듯 두 눈을 비벼대는 에마. 한참 후에야 재오가 진짜 재오라는 것을 알고는 입가에 묻은 침을 쓰윽 닦고 해맑게 웃었다.

"오, 오빠, 헤헤. 어떻게 들어오셨어요?"

"문이 열려 있더라고. 너는 칠칠치 못하게 문도 안 잠그고 자면 어떻게 해?"

"어? 내가 그랬나? 잠근 것 같은데?"

에마의 중얼거림에 재오는 배시시 웃으며 대답했다.

"아무튼 너, 우리 연구소에서 지내볼래?"

"네? 갑자기 연구소라뇨?"

에마는 재오의 말에 겁먹은 표정이 되었다. 에마가 이곳 호텔방에 지낸 이유는 자신을 노리는 암살자를 피하기 위해서다. 그런데 갑자기 연구소라니. 일이 잘못되기라도 한 것인가? 에마는 불안한 표정으로 조심스럽게 물었다.

"…일이 잘못되었나요?"

"약간은. 하지만 그 일은 아니고, 뭔가가 좀 꼬였어."

"네?"

"어쨌든 지금 이곳은 노출되었다는 거지. 그래서 부득이하게 자리를 옮겨야 하는데… 아무래도 연구소가 좋을 듯 싶어. 널 혼자 두는 것보다는… 아, 맞다! 연구소에는 강민영 변호사가 있구나!"

뒤늦게 생각이 난 듯 재오는 머리를 감쌌다.

그도 그럴 것이, 강민영은 호랑이와 연관된 사람인데 호랑이의 감시가 완전히 끝났다고 단정 지을 수 없기 때문이다. 강민영 변호사가 연구소에서 일하긴 하지만 그것을 알고 있는 재오는 결코 자신을 연구소에서 드러내지 않으려 주의하고 있었다. 아직 연구소가 조립식 건축물로 되어 있긴 하지만, 호랑이라고 해도 연구소 안으로 들어오는 건 불가능했다. 보안을 위해 항시 연구소를 지키는 사람이 있었고, 그들이 연구소로 들어와 도청 장치를 장착한다고 해도 그곳엔 보안의 일인자인 도한수가 있었다. 컴퓨터 보안을 포함해 전자기기로 작동하는 보안 장치는 결코 도한수의 감시를 벗어날 수가 없었던 것이다.

어차피 연구소의 직원들은 재오가 출퇴근하는 모습을 정확히 볼 수 없었는데, 그는 강민영이 연구소에 들어오기 전부터 텔레포트를 사용하고 있었다. 가끔 직원들이 의심하지 않게 출퇴근하는 모습을 보여주면서 말이다.

늑대인간으로부터 에마를 지키는 건 재오의 곁에 놔두는 것이 가장 효율적이었기에 연구소를 생각했지만, 강민영이 그곳에 상주하고 있다는 것이 생각나자 재오는 곤란함을 느꼈다. 하지만 그렇다고 에마를 자신의 집에 둘 수도 없었다.

일단 재오가 살고 있는 인영의 신당은 늑대인간에게 노출이 되었고, 자칫 잘못하다간 호랑이에게 노출될 가능성도 있었다. 호랑이를 대비한 재오는 철저하게 그의 흔적을 지우고 다녔지만 에마 같은 경우는 호랑이에게 그녀의 꼬리를 내어줄 것이 분명했기 때문이다. 적어도 지금은 호랑이로부터 재오 스스로의 흔적을 완전히 지워야 하기 때문에 재오로서는 위험부담이 큰 에마를 자신의 집으로 들이기가 곤란했던 것이다.

재오가 난감한 표정을 지으며 궁리를 하고 있자, 그의 모습을 물끄러미 보던 에마가 조심스럽게 입을 연다.

"여행이라도 갔다 올까요?"

"여행?"

"여기저기 돌아다니면 쉽게 찾아내지 못할 테니까… 상황이 조금 나아질 때까지라도……."

하지만 재오는 에마의 말에 찬성할 수가 없었다.

재오가 생각하기에도 에마의 말이 최선이었지만, 마치 에마를 등 떠미는 기분이 들었기에 그녀에게 미안한 감정이 생긴 재오는 입을 다물었다. 하지만 에마는 재오의 마음을 알았는지 방긋 웃으며 말을 잇는다.

"예전에는 여행 갈 상황이 못 됐는데 이번 기회에 실컷

하죠, 뭐. 저번에는 외국 여행, 이번에는 국내 여행. 히힛,
지금껏 못했던 거 원 없이 하겠네요."

너스레를 떨며 말하는 에마를 보며 재오는 피식 웃었다.

미안하면서도 고마운 감정이 드는 재오. 그는 에마에게
여행에 필요한 물품을 사라고 회사 카드를 건네줬고, 자리
를 옮겨 에마와 긴 시간을 이야기 한 후 집으로 되돌아왔
다.

에마가 여행을 떠나는 건 말 그대로 임시방편이었다.

조심스럽게 추측하건대, 늑대인간이나 피스들이 감지할
수 있는 범위는 서울에 한정된 듯했다. 우선 그들은 서로의
힘을 노리고 하나씩 흡수하고 있다. 그들의 사정이 어떤지
는 모르지만 그들은 서울 시내에서 서로를 노리며 힘의 균
형을 맞추고 있었는데, 그 와중에 누구라도 서울을 떠나게
되면 힘의 균형이 무너진다. 힘의 균형이 무너진다는 것은
그들 중 하나가 다른 피스들에게 흡수된다는 의미였고, 그
렇다면 에마가 서울을 떠난다 해도 늑대인간은 쉽게 서울
을 떠나 에마를 쫓지 못하리라.

피스들이 루시퍼가 정화시킨 보호 아티팩트를 감지할 수
있다는 것이 의외였지만, 서울에 있는 사람 중 인영과 재회
가 늑대인간에 잡혀간 것과 시골에 계신 재오의 부모님은

무사하다는 것을 근거로 조심스럽게 추측해 낸 결론이었다. 물론 재오의 예상을 깨고 늑대인간이 부모님을 납치할 수도 있겠지만, 연약한 여자보다 더 납치하기 쉬운 사람들이 나이 든 노인들이기에 재오는 자신의 생각이 결코 틀리지 않는다고 확신하고 있었다.

"하긴 놈들은 나처럼 텔레포트 능력은 없겠지. 적어도 늑대인간의 경우를 보면."

집으로 돌아온 재오는 에마로 인해 중단되었던 본능의 힘을 느끼기 위한 수련에 들어갔다.

이미 재오는 호텔에서 그 힘에 밀접하게 접근하는 중이었다. 저승과 이승의 차이가 어떤지는 모르겠지만, 여하튼 이미 한 번은 사용한 힘이었기에 그가 터득하지 못할 리 없었다. 그렇다면 재오는 조각들이 사용하는 그 힘을 터득해야만 한다. 지금껏 조각들은 재오의 커다란 힘을 파악하고 그것을 이용해 그들의 힘을 숨기고 재오의 감시망에서 벗어났다. 그렇다면 재오는 그들이 쓰는 그 힘을 터득해야 한다.

더구나 재오는 그가 저승에 다녀온 후 감당할 수 있는 힘의 한계가 더욱 커졌다는 것을 알 수 있었다. 그게 루시퍼의 힘인지, 아니면 재오 스스로의 힘인지는 알 수 없었으나 그조차도 감당하기 힘든 한계점을 훌쩍 뛰어넘고 있다는 것을 확실히 느낄 수 있었다.

어쨌든 재오는 조각들의 힘을 아주 쉽게 터득할 수 있었다. 수련을 한 지 몇 시간 만에 재오는 그들이 사용하는 방식으로 힘을 사용했고, 본능의 힘을 이끌어냈다. 그 과정이 너무나 쉬웠기에 본능의 힘을 사용할 수 있게 된 재오는 싱거워서 피식 웃음을 지었다.

하지만 그 힘은 그가 저승에 갔다 오지 않았더라면 절대로 습득하지 못할 힘이었다는 것을 재오는 알지 못했다.

이승에서 재오가 새로운 경지에 도달했을 때, 저승에서 루시퍼는 또다시 정신을 잃고 있었다. 당구장이 울면서 그를 불러봐도 루시퍼는 어떠한 반응도 하지 않았다. 당구장은 이미 모든 체력이 고갈되었기에 쓰러지기 일보 직전의 상황이었다.

"흑흑, 제발 일어나 봐요, 루시퍼 씨. 흐흐흑."

"재오 형님에게 어떤 일이 생긴 건 아닐까? 지금까지 그랬잖아."

하지만 당구장은 마지막 힘을 짜내어 루시퍼를 부른 것이었기에 세준의 말에 대꾸할 힘이 남아 있지 않았다. 간신히 덜덜거리는 팔을 움직여 날아오는 나뭇가지를 막아내는 데 기력을 짜낼 뿐이다.

그녀가 지쳐 헐떡이자 거리를 두고 뛰고 있던 세준이 딱한 듯 조심스럽게 입을 연다.

"무리해서 힘을 쓰지 말고 좀 아껴서 사용해 봐."

"그, 그게… 무, 무슨 소리예요? 헥헥……."

세준이 한 말이 궁금한 듯 당구장은 간신히 입을 열어 되묻는다. 체력이 고갈된 탓에 자신을 공격하는 나뭇가지의 상당수를 그대로 몸으로 맞고 있었는데, 일부 나뭇가지는 그대로 흙에서 뽑혀 나와 당구장의 몸에 박혀 있다.

"무협지 같은 거 보면 어느 정도의 경지에 도달하면 체력이 줄지 않거든. 뭐, 너도 그렇게 할 수 있지 않을까?"

"무협지에선 어떻게 그렇게 하는데요?"

"뭐랄까, 기를 순환시킨다고 할까? 나도 정확히는 모르겠는데, 어떻게 순환시켜서 그렇게 하더라고."

"선배, 무협지 좋아해요?"

"좋아하는 건 아니고, 가끔 봐."

"……."

대책 없는 세준의 말에 당구장은 입을 삐쭉 내밀었지만, 루시퍼가 잠든 이상 별다른 대책도 없었기에 세준의 말대로 기를 순환시켜 보려 했다. 하지만 기(氣)라는 것이 어렴풋이 느껴지긴 했지만 확실히 무엇인지 가늠할 수도 없는 당구장이다.

'에이, 내가 그깟 무협지를 근거로 기라는 것을 순환시켜야 하다니. 근거도 없는 말을 따라야 하는 처지가 한심하군.'

하지만 루시퍼란 존재가 있으니 전혀 근거가 없다고 할 수도 없었다. 지금 그녀가 기(氣)라는 것을 사용할 수 있게 한 것도 루시퍼가 아니었던가. 어쨌든 투덜거리며 기를 조금씩 순환시켜 보는 당구장. 자신을 향한 나뭇가지의 공격은 이미 반쯤은 포기한 상태였다. 죽을 만큼 아팠지만 아파할 힘도 남아 있지 않았다. 밑져야 본전이라는 생각에 방어보다는 기의 순환에 신경을 썼고, 자신의 몸을 찌르는 고통 속에서 몇 시간을 버티며 기를 순환시키자 몸속에 있는 기가 조금씩 커지는 것이 느껴졌다.

"어? 이상하다?"

기를 순환시키는 데 성공하자 놀랍게도 조금씩 체력이 회복되고 있었다.

"조금씩 버틸 만한데요?"

체력이 돌아오며 다시 검을 제대로 휘둘러 나뭇가지들을 막아낼 수 있게 되자 당구장은 조금씩 신이 나기 시작했다. 뜬구름 잡는 세준의 말을 토대로 그녀가 직접 해냈다는 것이 그녀를 더욱 신나게 만들었던 것이다. 자신감이 붙은 당구장은 거리를 두고 쫓아오는 세준을 향해 소리쳐 묻는다.

"세준 선배! 무협지에서 또 쓸 만한 거 없어요?"

"쓸 만한 거라니?"

나뭇가지의 공격을 척척 잘 막아내는 것까지는 알겠는데, 그녀의 ㄱ;븐ㅇ,ㄹ 겉으로까지 알 수 없었던 세준이 의아한 표정으로 되물었다.

"기를 순환시킨다는 거, 그거 말고 다른 거 없냐고요."

"다른 거라……. 검에 기를 모아 날리는 거라든가, 혹은 손에 기를 모아 공 모양으로 만들어서 날려 버리는 거?"

당구장은 무엇을 할까 생각하다 기를 모아 공을 만드는 것을 해보기로 결정했다. 검에 기를 모아 날린다는 것은 쉴 새 없이 공격해 오는 나뭇가지들을 막아야 하기 때문에 사실상 불가능했고, 이미 루시퍼가 검에 기를 불어넣어 부족한 검신을 대체할 '기의 검날'을 만들어놨기 때문이다. 기를 잘못 다루면 루시퍼가 만든 '검날'이 사라져 버릴 수도 있었기에 그건 포기하기로 했다.

"그건 어떻게 하는 건데요?

"음, 기를 손에 모아서 공 모양으로 만들어."

"……."

순간 당구장은 검으로 세준을 베어버리고 싶은 충동이 일었지만 쉴 새 없이 공격해 오는 나뭇가지들로 인해 참기로 했다.

그딴 말은 누구나 할 수 있는 거잖아!!

하지만 당구장은 그로부터 몇 시간 후, 작은 기의 구체를 손바닥에 만드는 것을 성공시켰다.

"선, 선배, 봤어요? 아니, 보고 있어요? 만, 만들었어요! 내가 만들었다고요! 이제 어떻게 해요?"

"정말 기…… 아무튼 공 맞아?"

"그, 그런 거 같은데요?"

"그, 그럼 날려봐. 돌멩이 던지듯이."

기를 구현시키자 그녀 스스로도 놀라 말을 더듬는다. 놀라긴 세준도 마찬가지였지만. 당구장은 세준의 말대로 손을 휘둘러 날아오는 나뭇가지를 향해 던져 버렸다.

쾅!

나뭇가지와 부딪친 기의 구체는 곧 커다란 소리를 내며 공격해 오는 다른 나뭇가지를 전부 날려 버렸다. 아주 작은 기의 구체였지만 그 위력은 실로 대단했는데, 나뭇가지와 부딪칠 때의 충격파가 숲 속 전체에 울려 퍼졌다. 충격파가 사라지자 너무나 놀라 땅바닥에 있던 당구장이 멍한 표정으로 세준을 바라보았다. 세준 역시 충격파에 밀려 당구장의 바로 옆에 자빠져 있었다.

"원, 원래 그 기… 공이라는 것이 이렇게 강력한가요?"

"글쎄, 그랬나?"

당구장은 자신이 만든 기공의 위력에 놀라 아직도 말을 더듬고 있다.

기공의 충격 때문인지 도산지옥 숲은 잠시 공격을 멈췄는데, 언제 다시 공격해 올지 몰라 세준이 걸음을 재촉했다. 하지만 도산지옥 숲의 공격은 그 이후로도 일어나지 않았다.

"왜 숲이 공격을 안 하는 거죠? 보통의 숲처럼 조용하니 왠지 불안해요."

당구장은 숲이 공격해 올 때를 대비해 작은 기공을 만들어두고 있었는데, 그녀의 손끝에 생성된 기공을 힐끔 본 세준이 당연하다는 듯 대꾸한다.

"내가 숲이라도 다신 공격하고 싶지 않겠다."

"왜요?"

"숲이 울릴 정도의 진동이었는데 너라면 하겠니?"

"겨우 기… 공 한번 맞았다고 공격을 중단해요? 그럼 무협지 속에 사람들이 왔을 땐 그냥 보내줬다는 거네?"

"……."

내려진 명령이라면 될 때까지 행하는 당구장이었던지라 세준의 말이 이해가 되질 않은 모양이다. 어쨌든 그 이후 도산지옥 숲은 두 번 다시는 그들을 공격하지 않았고, 며칠이 지나자 진광대왕의 재판장에 도착할 수 있었다. 그들이

숲에 들어선 지 정확히 30일이 지나서였다. 그리고 그들이
재판장에 도착했을 때, 그때까지 의식을 잃고 있던 루시퍼
가 깨어났다.

Chapter
04

루시퍼의 목적

"대체 그동안 뭐 하고 있었어요?"

루시퍼가 깨어나자 당구장이 황급히 그에게 물었다.

"제기랄! 한재오 이 자식! 마나를 다루는 능력이 훨씬 커졌어! 내 힘을 통째로 가져갔다고!"

"……?"

하지만 루시퍼는 힘을 가져갔다는 것에 대한 자세한 설명은 하지 않았다.

"지금 재오 형님은 어디 있는데요?"

"저승 어딘가에 있겠지."

"찾아봐야 하는 거 아닌가요? 무슨 일인지는 모르겠지만, 재오 형님이 루시퍼 씨의 힘을 모두 가져갔다면 다시 찾아와야 하잖아요?"

"다시 가져오면 돼."

"……."

안일한 건지 다른 꿍꿍이가 있는 건지, 세준은 루시퍼의 마음을 가늠할 수가 없다. 만약 생각이 없는 거라면 정말 대책이 없는 존재라고 여겨졌다.

그들이 진광대왕의 재판장에 도착하자 그곳은 삽시간에 어수선해졌다.

"그런데 여기 사람들 왜 이래요? 우리를 보고 놀라지를 않나, 재판 받으러 온 사람을 맞이할 생각은 안 하고 허둥지둥 놀라 달려가는 꼴이라니."

"우선 세준은 죽은 게 아니라 살아 있는 육신 그대로 저승에 온 것이니까. 그리고 아마 네가 기를 사용해 숲을 조용히 만들었던 것도 한몫했을걸."

"어? 내가 기공을 사용할 줄 알게 된 것을 알고 있어요?"

"의식은 잃었어도 그건 느껴지더라."

진광대왕의 재판장은 축구장 몇 배만한 넓이의 마당과 그 마당을 둘러싼 기다란 담장으로 둘러싸여 있었다. 재판장으로 가기 위해선 숭례문처럼 커다란 위용을 자랑하는 정문을 지나 마당 안으로 들어가야 했는데, 거기에 숙은 영혼을 접수하는 접수처가 있었나.

당구장과 세준이 접수처에 다가가자, 접수를 하던 사람이 깜짝 놀라 마당 안으로 달려 들어갔고, 저승의 관리로 보이는 사람들이 우르르 몰려나왔다. 그러더니 그들을 보고 놀라며 후다닥 다시 안으로 달려 들어갔던 것이다.

보고를 하러 들어간 건지, 아니면 놀라서 도망친 건지는 모르겠지만 접수원마저 안으로 들어가 버리자 어쩔 수 없이 당구장 일행은 곧바로 정문을 지나 마당 안으로 들어섰다.

마당이 무척 넓었기에 사람들은 마당 곳곳에 무리를 지어 쉬고 있는 중이었다.

마당을 들어선 그들은 곧장 마당 중앙에 있는 재판장으로 향했는데, 마당 안에 있는 건물은 단 하나밖에 없었던지라 주위에서 쉬고 있는 사람들에게 물어보지 않아도 그곳이 재판장이라는 것을 쉽게 알 수 있었다. 앞서 말한 것처럼 축구장 몇 배나 되는 넓이였기에 그곳까지 가는 것만 해도 몇 십 분이 걸렸다.

재판장은 텔레비전의 사극에 나오는 한옥의 모습이었다. 한옥 대청마루 위엔 진광대왕으로 추측되는 사람이 의자에

앉아 있고, 그의 주위에 여러 사람이 서 있었다. 그리고 대청마루 바로 앞의 마당에 차례가 된 사람들이 무릎 꿇고 앉아 진광대왕에게 재판을 받고 있었는데, 이미 당구장의 등장으로 재판이 중단되었는지 어수선한 분위기였다

당구장 일행이 재판장 가까이 다가가자, 붉으락푸르락한 탈을 쓴 사람들이 우르르 몰려나와 그들을 에워싸고는 재판장의 뒤편으로 데려갔다. 재판장 뒤에는 작고 허름한 건물이 있었는데, 당구장 일행을 다짜고짜 그곳으로 몰아넣었다. 그곳에서 잠시 쉬고 있으려니 하던 재판을 끝낸 듯 진광대왕이 방 안으로 들어왔다.

"그들이 이방인의 일행인가?"

"이방인? 재오 형님을 말하는 건가?"

"제길, 들킨 거야?"

루시퍼는 씁쓸하게 말하는 듯했지만, 목소리에 웃음기가 가득 배어 있었다.

진광대왕은 상부로부터 이방인 한재오에 대한 상황을 전해 듣고 있는 터였다.

"곧 염라대왕님이 오실 거네. 그때까지 여기서 기다리도록."

용건만 말하고는 쪼르르 문을 닫고 나가는 진광대왕. 그가 말한 염라대왕이 그들의 눈앞에 보인 건 그로부터 얼마

지나지 않아서였다. 염라대왕은 그들을 보자 기분 나쁜 표정으로 대뜸 말을 내뱉는다.

"니희들이 한재오인가 뭔가 하는 놈의 일행이냐?"

"잘 아네, 한재오."

대꾸를 한 건 루시퍼다. 그가 입을 열자 까칠했던 염라대왕의 표정에 긴장감이 감돌았다.

"당신은 이곳에 있어야 할 존재가 아닌데 왜 친히 이곳에 오셨소? 아니, 당신이 이곳에 왔다고 해서 변하는 건 아무것도 없다는 것을 잘 아실 텐데요?"

"이봐, 우리 좋게 해결하자고. 내가 원하는 건 딱 한 가지. 그게 무언지는 자네도 잘 알 테지?"

"……."

루시퍼의 말에 염라대왕은 조용히 당구장을 바라본다.

염라대왕은 이내 인상을 찌푸리며 고개를 젓는다.

"안 돼요. 저 여인은 죽은 게 확실합니다. 저건 천지왕, 아니, 천지왕 할아버지가 오더라도 바꿀 수 없어요."

"내가 천지왕이 누군지 모르겠지만, 이미 저 여잔 살아났잖냐."

"그건 당신이 임의로 이어 붙인 거 아닙니까? 그런 건 다시 자를 수 있어요."

"야, 좀 봐줘라. 대신 대가는 충분히 지불할게."

어린아이 달래듯 루시퍼가 말했지만 염라대왕이라 불린 자는 단호하게 고개를 저었다. 그리고 명부를 뒤적거리더니 당구장에게 하는 말.

"이민경이라고? 예정보다 빨리 저승에 오기는 했지만, 변경된 사항도 적용되는 것이니 너무 억울하게 생각하지 마라."

"잠깐만요."

염라대왕은 처음부터 루시퍼의 말은 깡그리 무시하려고 했다. 그가 무력을 사용한다고 해도 그건 자신의 상관인 천지왕 옥황상제가 나서서 해결할 일이기 때문에 자신은 저승명부에 적힌 대로 처리할 요량이었다.

하지만 문제의 당사자인 당구장이 이의를 제기하자, 그는 황급히 자리를 뜨려던 것을 멈추고 당구장을 바라보았다.

"왜? 네 죽음은 확실한데 무슨 불만 있냐?"

"다 좋아요. 그런데 왜 내 이름이 이민경이에요? 전 분명 당구장으로 바꿨는데요."

당구장의 말에 다시 저승명부를 확인하는 염라대왕. 그곳에 적힌 이름은 분명 이민경이었다.

"너 이민경 아냐? 여긴 분명 이민경으로 적혀 있는데?"

"전 분명히 당구장으로 이름을 바꿨다고요."

"어라?"

염라대왕은 그와 함께 들어온 진광대왕과 그의 수하들을 바라보았다. 하지만 그들도 알 수 없다는 표정을 지으며 염라대왕이 들고 있는 명부를 바라보았고, 당구장의 이름을 확인하더니 있을 수 없다는 표정을 지었다.

세준은 당구장의 이름이 다르다는 것이 문제가 되는지 궁금했지만, 묻지는 않았다. 그리고 사실 '당구장'이란 이름은 그녀의 실제 이름이 아닌 가명이기 때문이다.

사정상 '이민경'이란 이름을 죽이고 새로운 이름으로 활동을 해야 할 때, 당구장은 이번 작전이 끝나면 '당구장'으로 개명한다며 '당구장'이란 이름으로 위조 신분을 내어달라고 부탁했다. 아직 개명을 하지는 않았으니 당구장의 실제 이름은 '이민경'이 맞았다.

물론 맘만 먹는다면 세준이 만들어준 위조 신분을 평생 사용해도 무리가 없지만 말이다.

세준은 무사히 당구장을 살려 돌아갈 생각이었기에 가능한 한 쓸데없는 질문으로 그러한 사실이 발각되지 않기를 바랐다. 그런데,

눈치 없게도 세준의 궁금증을 루시퍼가 소리 내어 묻는다.

"그깟 이름이 뭐가 문제인데?"

"문제가 되죠. 이름은 그 사람을 가리키는 최초의 수단인데, 이름이 틀렸다는 건 그 수단이 틀렸다는 거니까."

"이름이 같을 수도 있잖아. 내가 알기론 이민경이라는 이름도 꽤 있던데?"

"가끔 이름이 같아서 혼란이 오긴 하지만, 그건 예전에 일어났던 혼란이고요. 요즘은 다 전산화되었다고요."

염라대왕은 루시퍼에게 저승명부를 보여줬는데, 저승명부는 모양만 책일 뿐 책 속은 PDA 단말기와 비슷한 전자기기였다. 스마트폰을 전화번호부 책처럼 키운 것이랄까?

"오, 신기하네. 하긴 여기 오면서 보니까 저승사자도 스마트폰 사용하더라."

"아무튼 이민경, 혹시 당구장이란 이름, 법적으로 공용화된 이름이 아닌 너희끼리 부르는 이름 아냐?"

염라대왕이 루시퍼의 말은 사뿐히 무시해 주고 당구장에게 묻자, 그녀는 꿀꺽 침을 삼키며 대꾸한다.

"그렇긴 하지만, 어쨌든 그게 내 이름이라고요."

"그럼 그렇지. 요즘은 예전 같지 않아서 이름 가지고 혼동을 하진 않는다고요. 이름이 다르다고 해도 여기 다 나와요. 이민경, 직업 용병회사 군인. 한재오와 관련된 일을 하다 사고로 사망."

이주 간단히 힌 염리대왕의 말에 당구장은 순긴 울화가 치밀어 올랐다.

"사고라뇨? 엄언히 살인이시! 법적으로 공인이 뇌지 않았지만 신분증도 있다고요!"

하고 당구장은 자신이 가진 위조 신분증을 꺼내 보인다. 그 모습을 본 세준은 고개를 돌리며 한숨을 내쉬었다. 그냥 처음부터 법적으로 공인된 이름이라고 말을 하는 게 빠른데, 저 멍청한 이민경 같으니라고.

"안 돼. 네가 살고 있는 세상에서 법적으로 공인 받아야 효력이 생긴다고."

"그렇게 따진다면 이민경이 죽은 건 훨씬 전의 일인데, 그건 왜 적용이 안 되나요?"

"……?"

보다 못한 세준이 염라대왕의 말을 가로채며 끼어들었다.

"그게 무슨 소리야?"

"법적으로 공인 받아야 효력이 생긴다면, 이민경이 죽은 건 이미 몇 개월 전이라고요. 법적으로 죽은 건 말이죠. 그렇다면 이민경은 지금이 아닌 몇 개월 전에 저승에 왔어야 하지 않나요?"

"……."

염라대왕은 고개를 기웃거릴 뿐 대꾸를 하지 않았다. 그는 인상을 찌푸리며 저승명부를 자세히 보기 시작했는데, 무엇을 읽었는지 찌푸린 인상이 더욱더 찌그러지며 붉으락 푸르락해졌다. 염라대왕의 표정이 변하자 옆에 있던 진광대왕이 염라대왕의 시선이 멈춘 항목을 찾아 소리 내어 읽기 시작했다.

"이민경, 작전을 위해 사망한 것으로 처리됨. 그 이후 '이당구장'이란 이름을 사용하고 있음. 아직 개명은 안 했음. '이당구장'에 대한 법적인 공인은 없음. 추가 사항. 신분을 위조한 이민경의 상관 이세준은 작전이 끝나도 위조 신분으로 살아갈 수 있게 조작했음. 다시 말해 위조 신분으로 평생을 살아도 법적으로 아무런 문제가 없다는 말임. 알아서 처리 바람."

"아우 씨! 왜 세준 선배가 내 상관으로 기재되어 있냐고!"

"오오! 위조 신분이 법적으로 아무런 문제가 되지 않는다고? 그래서 한재오가 경찰서에 갔을 때에도 들통 나지 않았던 거군."

"쉽게 만들 수 없는 위조 신분이라고요. 그거 만드는 데 얼마나 많은 돈이 들어갔는데요. 그리고 나, 네 상관 맞잖아."

루시피의 딴성에 세준이 뻐기는 듯 답변하는 등, 당구장 일행은 축제 분위기였지만 염라대왕은 씩씩거리며 머리를 쥐어뜯고 있었다.

"아우 씨! 대체 뭘 알아서 처리해! 이딴 식으로 책임을 떠넘기면 어쩌라고! 안 돼! 이건 인정할 수 없어! 당구장이란 이름은 위조 신분이잖아!"

"위조라뇨. 그냥 '당구장'이라는 사람을 만들어 버렸다고요. 그러니까 법적으로 아무런 이상이 없죠."

"뭘 어떻게 한 거예요, 세준 선배?"

"외국에서 신분을 조작한 후 신분 세탁을 통해 실제 인물로 둔갑해서 대한민국 국적으로 옮겨 버렸다. 2차, 3차 과정을 거쳐 국적을 취득했으니까 실제 인물이지."

"어쩐지. 그래서 보통의 위조 신분을 만드는 것보다 오래 걸렸구나? 프랑스에서 사람을 시켜 빙빙 돌리더니만."

다시 축제 분위기인 당구장 일행과 달리 염라대왕은 입에 게거품을 물고 있었다.

염라대왕은 게거품을 문 채로 패닉 상태에 빠져 진광대왕과 그 수하들을 바라보았지만 그들은 염라대왕의 시선을 외면할 뿐이었다.

루시퍼는 염라대왕의 상태가 제정신이 아니라는 것을 알고는 진광대왕에게 질문을 퍼부었다.

"야, 쟤 왜 저래? 뭐가 문제인데?"

"그러니까, 이민경의 죽음은 심판할 수 있어도 당구장의 죽음은 심판할 수 없다는 거죠. 저승명부를 만드는 곳이 천상의 관리들인데, 이민경, 아니, 이당구장의 경우는 애매하게 처리해서 보냈으니 저승명부에 당구장의 죽음이 기록되어 있지 않은 이상 그녀를 어떻게 할 수 없는 겁니다."

진광대왕의 말에 당구장을 무릎을 꿇고 울기 시작했다.

"흐흑흑, 인영 보살님 덕에 살았어요. 흑흑흑."

"그럼 지금이라도 기록하면 되잖아?"

"루시퍼 씨!"

"아!"

세준이 황급히 루시퍼를 불렀으나 이미 염라대왕의 눈은 초롱초롱 빛나고 있었다.

"빨리 천상에 전화해서 당구장 기록 제대로 써 넣으라고 해!"

당구장은 하늘에 떠 있는 루시퍼를 낚아채 무자비하게 발로 밟기 시작했다.

"하지만 지금 기록을 넣는다고 해도 시간이 걸릴 텐데요."

"그럼 그때까지 기다리면 되지."

다시 염라대왕에게 찬물을 끼얹는 건 진광대왕이었다. 진광대왕의 말에 염라대왕이 멍한 표정으로 묻자, 진광대왕은 그의 시선을 피하며 조심스럽게 말을 이었다.

"그게… 일단 우리 권한이 아닌 영혼은 저승에 붙잡아둘 수 없는 게 규칙이라서……."

"아우 씨! 나 염라대왕 안 해! 안 할 거라고!!"

결국 염라대왕은 자리를 박차고 일어나 방 안을 나섰으며, 당구장은 루시퍼를 밟던 것을 중단하고 바닥에 주저앉아 다시 울기 시작했다.

"흑흑! 인영아, 고맙다! 다시 살아나면 너 맛있는 거 사줄게. 흑흑흑!"

세준은 엉엉 소리를 내며 울고 있는 당구장을 내버려 두고는 땅바닥에 뻗어 있는 루시퍼를 들어 밖으로 향했다.

"괜찮아요?"

"당, 당구장 녀석, 기를 사용해 나를 꼼짝 못하게 했어! 죽여 버릴 거야!!"

"진정하세요. 맞을 만했잖아요. 재오 형님이라면 이보다 더 했을 걸요."

"……."

당구장을 '죽여 버린다'는 루시퍼의 말에 섬뜩함을 느낀 세준은 재오를 팔아 그를 진정시켰다. 적어도 루시퍼는 재오에겐 꼼짝 못한다는 것을 세준은 알 수 있었다.

"그나저나 루시퍼 씨, 저나 루시퍼 씨나 저승에 와서 한 게 별로 없네요. 루시퍼 씨가 아니었어도 당구장은 충분히 혼자서 잘 살아났을 것 같은데."

"그러게 말이야. 당구장 녀석은 괜히 신경 썼군. 암튼 당구장의 일이 끝났으니 제일 중요한 일을 끝내야지."

"......?"

"염라대왕 어디로 갔냐?"

루시퍼의 말에 세준은 주변을 돌아본다. 하지만 세준에게 답을 바란 것이 아니었던 듯 루시퍼는 세준의 손에서 빠져나와 어디론가 날아가기 시작했다.

황급히 루시퍼의 뒤를 쫓는 세준은 그제야 루시퍼가 저승에 온 진짜 이유를 알 수 있을 것이라는 생각이 들었다.

울분을 진정시킨 염라대왕은 당구장의 일로 잠시 휴정이 된 재판장의 대청마루에서 심신을 안정시키고 있었다.

"분명 죽은 게 맞는데……. 죽었는데도 법대로 처벌할 수 없는 경우라……. 이런 경우는 정말 재판장 생활에 있어 처음이군."

"흥! 고지식한 녀석. 살다 보면 이런 경우도 있는 거지."

소리가 난 쪽을 보니 루시퍼가 허공에 떠 있었다. 염라대왕은 쌩한 표정으로 고개를 휙 돌리며 대꾸했다.

"결론은 났으니 나머지는 진광대왕이 처리할 겁니다."

"그건 됐고, 이제 중요한 일을 처리해야지."

"······?"

염라대왕은 알 수 없다는 표정을 짓고는 루시퍼를 쳐다보았다.

말없이 허공에 뜬 루시퍼를 주시하는데, 세준이 뒤따라 재판장에 들어섰다.

잠시 시선이 가긴 했으나 이내 루시퍼를 향해 인상을 찡그리고 되묻는 염라대왕. 그는 루시퍼가 한 말의 의미를 파악할 수가 없었다.

"중요한 일이라니요? 무엇을 말하는 겁니까?"

"한재오. 이제 그의 생사 여부를 판가름해야겠지."

"······."

다시 긴 정적이 이어졌다. 그 침묵을 깬 건 당구장이었다. 진광대왕과 함께 뒤처리를 위해 재판장으로 들어서던 당구장은 루시퍼가 한 마지막 말을 듣고는 놀라 소리쳤던 것이다.

"에에?! 저 살리려고 온 거 아니에요?"

"너는 부수적인 것일 뿐이고."

마검 루시퍼의 말에 화가 난 당구장은 루시퍼에게 따지려 했지만 세준의 의해 만류되었고, 주변이 조용해지자 루시퍼는 본격적으로 문제의 핵심을 끄집어냈다.

"한재오, 내가 그 녀석의 죽음을 막기는 했지만, 어쨌든 그 녀석은 죽은 게 맞아. 아직 영혼 줄이 이어져 있다고 해도 숨이 멈춘 건 사실이거든."

"그게 어떤 차이가 있죠?"

"저승명부에 기록되어 있다는 것이지."

대답을 한 건 진광대왕이었다. 진광대왕은 천천히 말을 이어나갔다.

"사람이 죽게 되면 숨부터 멈추고 영혼 줄이 끊어진다. 저승명부에 기록되는 시점은 바로 숨이 끊어졌을 때. 저승명부에 기록된 이상 우린 언제라도 죽은 영혼을 불러올 수가 있다. 영혼 줄이 붙어 있다고 해도 그것을 끊을 권리가 우리에게 주어지는 거지. 비록 외주우의 신께서 그의 힘을 사용해 영혼 줄이 끊어지지 않게 했다 해도 그것을 끊을 권리가 우리에게 있다는 의미가 된다."

"그래, 맞아. 생과 사에 관련된 법칙은 전 우주를 통틀어 동일하게 적용되지. 그래서 내가 이곳 저승에 온 것이다. 재오의 영혼을 내 소유로 하기 위해서."

"……?!"

잔뜩 칼날을 세운 루시퍼의 목소리에 비해 염라대왕의
반응은 무덤덤했다.

　"제아무리 외우주의 신이라 해도 숙은 영혼을 제 것으로
취할 수는 없을 텐데요?"

　"난 괜찮아. 한재오는 나랑 계약으로 이뤄졌기 때문에 나
에겐 그러한 권리가 있다."

　"하지만 죽은 이상 한재오의 권리는 저승에게 있습니다.
계약자의 권리는 한재오가 살아 있을 때나 있는 거죠."

　"그러니까 좋은 말로 할 때 내놓아라. 아직 그놈은 죽으
면 안 되니까."

　다시 루시퍼의 목소리에서 찬바람이 불었다.

　"여기는 당신의 세계가 아닙니다. 당신이 보통 신은 아니
라는 것을 대충 짐작할 수는 있지만 그렇다고 여기에서까
지 이러시면 곤란하죠."

　"네가 순순히 재오의 권리를 이양하지 않는다면 이 저승
을 파괴시킬 수도 있다. 좋은 말로 할 때 순순히 내놓을래,
아니면 이 저승과 함께 파괴될 테냐?"

　"영혼을 저승에서 가져가는 것이 어떤 의미인지 잘 아실
텐데요?"

　"내 알 바 아냐."

　"잠깐만요. 저승에서 가져가면 어떻게 되는데요?"

의미심장한 염라대왕의 말에 세준이 또다시 끼어들었다. 대답을 한 건 역시 진광대왕이었다.

"인간의 영혼은 생성과 소멸을 반복한다. 자연에서 시작해 영혼이 되고, 영혼에서 다시 자연으로 되돌아가는 거지. 저승은 그러한 소멸과 생성을 하는 과정의 일부분일 뿐이다. 영혼이 무리 없이 소멸되어 자연으로 되돌아갈 수 있도록 도와주는 역할이지. 하지만 그러한 영혼이 저승에서 벗어나게 되면, 그 영혼은 소멸할 수가 없게 된다. 소멸을 할 수 없다는 것은 평생을 그 형상으로 살아가야 한다는 것이지. 몇 천 년, 몇 만 년, 기나긴 세월을 말이야."

"불로불사? 그거 좋은 거 아니에요? 나도 그렇게 해주면 안 되나요?"

당구장이 끼어들었다. 그녀는 정말 원하는 표정으로 진광대왕과 루시퍼를 번갈아 보고 있었다.

"불로불사가 아냐. 육체가 죽어도 영혼이 소멸되지 않는다는 것이야."

당구장의 말을 진광대왕이 바로잡아 설명해 주었다.

"영혼이 소멸되지 못한다는 것은 '환생을 할 수 없다'는 것이다. 소멸된 영혼은 분해와 생성을 반복해서 다시 영혼으로 태어나지. 하지만 영혼이 분해를 하지 못한다면 그 영혼은 미쳐 버리고 말아."

"영혼이 미치면 어떻게 되는데요?"

"영원한 타락, 죄지은 영혼이 지옥에서 받는 고통보다 더
한 고통을 받게 되지. 저승에서 벗어난 영혼은 다시는 저승
으로 돌아올 수 없게 된다."

"……."

진광대왕의 말에 세준은 눈살이 찌푸려졌다. 진광대왕의
말을 끝으로 다시 침묵이 시작되자 세준은 루시퍼를 향해
물었다.

"그래서 직접 여기에 온 건가요? 재오 형님의 영혼을 루
시퍼 씨의 밑으로 구속시키기 위해?"

"그래. 내가 그를 되살린다 해도 저승 놈들이 관여하면
다시 죽일 수 있거든."

"하지만 재오 형님은 당신의 계약자잖아요. 저승으로부
터 재오 형님의 권리를 빼앗는 건 진광대왕이 말했듯이 재
오 형님에겐 불이익이 되는데, 왜 그런? 당신은 재오 형님
을 보호하려는 게 아니었던가요?"

"아까도 말했듯이, 계약이 성립되는 건 그 녀석이 살아
있을 때의 일이다. 계약이 끝난 후 그 녀석이 어떻게 되든
내 알 바 아냐."

나직이 말하는 루시퍼의 목소리에서 세준은 두려움을 느

졌다. 결국 그는 자신의 목적을 위해 계약자인 재오를 희생시키려 하고 있는 것이다.

"저승을 파괴한다……. 만약 이곳을 파괴하면 그 영향은 당신이 살던 세계까지도 끼칠 텐데요?"

"상관없어. 이 우주가 무너져도 한재오만 살아 있으면 돼."

"……."

싸늘한 루시퍼의 말에 염라대왕은 더 이상 말하지 않았다. 하지만 루시퍼의 기세에 눌려 주눅이 든 당구장과 세준, 진광대왕과는 다르게 시큰둥한 반응을 보이고 있었는데, 코를 후비고 코딱지를 비벼 손가락으로 튕기는 중이었다.

"자, 순순히 한재오의 권리를 내게 양도할래, 아니면 여기서 저승과 함께 사라질래?"

"……."

루시퍼의 말에 세준과 당구장, 그리고 진광대왕은 몸을 부르르 떨며 겁에 질렸지만 염라대왕은 다시 코 판 손으로 귀를 후비며 대꾸한다.

"만약 한재오의 권리가 내게 있었다면 난 절대 그 권리를 넘기지 않았을 겁니다."

"그건 무슨 잡소리야?"

"어쨌든요. 한재오의 권리는 직접 찾아가세요."

"그건 어떤 의미야? 예, 아니오로 대답해. 복잡한 건 내 적성이 아니야."

"알아서 해석하십쇼."

"그럼 한재오는 내 거다?"

염라대왕이 대꾸를 안 하자 한재오를 양도 받았다는 것을 확신한 루시퍼의 목소리가 어린애마냥 풀어졌다. 염라대왕은 진광대왕과 함께 재판장을 나섰고, 세준은 신나게 웃으며 좋아하고 있는 루시퍼에게 조심스럽게 묻는다.

"그럼… 재오 형님은 어떻게 되는 겁니까?"

"크흑, 뭘 어떻게 돼? 이제부터 재오는 내 거지. 크흑."

루시퍼의 말에 세준은 괴테의 '파우스트' 가 생각났다.

파우스트란 책에서 보면, 신과의 내기를 한 메피스토란 악마가 선량한 인간 파우스트의 영혼을 자신의 것으로 만들고 결국 파우스트는 메피스토에 의해 파멸에 이르게 된다. 물론 파우스트는 마지막에 가서야 신(神)에게 구원을 받지만 말이다.

중요한 건 파우스트가 메피스토와 계약을 맺고 파멸로 향하는 과정인데, 파우스트가 파멸의 과정으로 향할 때 그는 자신이 파멸로 간다는 것을 알지 못했다. 여러 가지의 희로애락(喜怒哀樂)이 있었지만 그것이 자신의 영혼이 갈취

당하는 일련의 과정이라는 것을 그는 절대로 깨닫지 못했
던 것이다.

'과연 재오 형님은 루시퍼와의 계약이 파멸이라는 것을
알고 있을까?'

그들의 계약 내용이 무엇인지 세준은 알 수 없다. 하지만
내용이 어떻든 결코 그것은 재오에게 이득이 되지 않으리
라는 것을 그는 이곳 저승에서 확인을 했던 것이다.

과연 재오의 파멸을 어떻게 막아야 할지.

하지만 세준이 재오의 파멸을 막아야 할 의무가 있는가?

한재오가 무엇이기에?

어찌 보면 한재오와 세준은 루시퍼와 같은 계약의 관계
였다.

그들은 악연으로 만났고, 무력에 의해 잠시 같은 길을 걷
고 있는 것이다.

아니, 까놓고 말한다면 세준의 세력이 재오에게 무릎을
꿇고 그의 계획에 동조하고 있을 뿐이다.

그런 관계인 세준이 과연 재오를 위해 목숨을 걸어야 하
는 것인가?

분명 루시퍼가 관련된 일은 목숨을 걸지 않고는 쉽게 풀
어낼 수 없는 일이다.

'난감하군.'

까르르 웃는 루시퍼를 보는 세준은 머릿속으로 오만가지 생각이 일었지만 지금은 그저 지켜보는 것만이 최선일 뿐이라는 걸 직감하고 있었다.

Chapter
05

미인계

재희가 잡혀온 이후 늦대인간의 태도는 확실히 바뀌어
있었다.

예를 들자면, 인영은 납치당한 이후 줄곧 눈을 가리고 있
었는데, 끼니때마다 늦대인간이 직접 먹을 것을 인영의 입
속에 넣어줬다. 그럴 때마다 늦대인간은 '입 벌려!', '그냥
씹어!' 하고는 무식하게 인영의 입속에 우겨 넣었다. 인영
이 불평을 조금이라도 하면 짜증 섞인 늦대인간의 호통 소
리가 울려 퍼지곤 했는데, 재희가 온 이후 그러한 호통 소
리가 전혀 나지 않았던 것이다. 더욱이 재희는 늦대인간에

게 세밀한 요구를 하고 있었다.

'우물우물, 너무 많아요. 조금만' 이라든가, '목이 메어요. 물' 이런 요구를 하는 정도다.

처음 인영이 이곳에 끌려왔을 때 그녀 역시 늑대인간에게 그러한 요구를 한 적이 있다. 하지만 요구를 하자마자 쏟아진 늑대인간의 짜증에 다시는 그러한 요구를 하지 않았는데, 왜 재희에게는 호통을 치지 않는 거지? 왜 짜증을 내지 않는 거냐고.

말 잘 듣는 강아지처럼 왜 재희 말에는 고분고분 잘 따르는 거냐고!

사람 차별을 하는 늑대인간의 행동에 인영은 울화가 치밀어 올랐지만 차마 불만을 이야기하진 못했다.

재희가 붙잡혀 오고 겨우 하루가 지난 후다.

늑대인간에게 성심성의껏 대접을 받는 재희였지만 자신의 의지로 할 수 없는 것이 불편한 듯 결국 그녀는 늑대인간에게 안대와 결박을 풀어달라고 요구했다.

"안 돼, 그건."

전날처럼 빵과 우유를 가져와 재희의 입속에 넣어주려던 늑대인간은 재희의 요구에 바로 대답을 했으나, 인영에게 했던 것처럼 억센 억양은 아니었다. 거부를 하긴 했으나 그의 목소리는 매우 의기소침했다.

"늑대인간 씨의 수발을 받는 것도 나쁘진 않는데, 솔직히 말해 좀 번거롭잖아요. 게다가 화장실 문제도……. 저 며칠째 참고 있다고요."

화장실 이야기가 나오자 인영은 자신도 모르게 얼굴이 빨개지며 고개를 숙인다.

말은 안 했지만 코와 귀가 뚫린 이상 이미 재희도 알아챘을 것이다. 재희가 온 이후 인영 역시 참고 있었지만.

'제길, 빌어먹을 늑대인간. 네가 누군지 알면 널 죽여 버릴 거야!'

늑대인간이 우물우물 무언가 말하려는 찰나, 재희는 그의 말을 끊고 능청스럽게 다시 입을 연다.

"대체 인영 씨는 여기서 어떻게 지금까지 화장실을 참고 있었는지……. 설마… 설마… 그런 건 아니겠죠?"

'요망한 것, 저건 분명 100% 연기야. 이미 늑대인간도 알고 있다고!! 흑!'

인영은 죽고 싶을 정도로 창피한 마음에 금방이라도 눈물이 솟아날 듯했다. 울음을 참고 그들의 이야기를 경청하는데, 재희가 버럭 소리를 질렀다.

"나에게 그걸 강요하면 혀 깨물고 자살해 버릴 거야!"

"하, 하지 마!"

그녀가 정말 혀를 깨물려고 했던지 옥신각신하는 소리가

들리다 잠잠해졌다. 그리고 잠시 후.

"휴, 고마워요. 이제 살 것 같네."

"어? 재희 언니 풀려난 거야? 그럼 나도 풀어줘!"

인영은 속으로 경악을 했지만 때를 놓칠세라 자신도 풀어달라고 소리를 쳤다. 하지만 늑대인간의 반응은 없었고 조심스럽게 입을 여는 재희의 목소리만 들릴 뿐이다.

"인영이도 풀어줘요."

"……."

"그래 봤자 연약한 여자들이잖아요. 뭐가 겁난다고."

재희가 두 번이나 설득을 한 후에야 늑대인간이 인영에게 다가오는 것을 느꼈다.

그리고 그가 인영의 결박과 안대를 풀자 그때야 어둡던 세상이 환하게 밝아졌고, 늑대인간이 왜 재희의 말을 고분고분 잘 듣는지 그 이유를 인영은 알 수 있었다.

"재희 언니?"

그녀의 앞에 서 있는 재희는 여자가 생각하기에도 찬란하고 아름다운 여신의 미모를 가지고 있었다. 아니, 그게 어디 미모뿐일까? 작고 갸름한 얼굴에 군살없이 잘빠진 몸매, 풍만한 가슴과 엉덩이, 호리호리한 팔과 다리, 그리고 허리.

미모의 탤런트, 모델은 저리 가라였다.

이런 동생을 두었으니 재오가 여자에게 관심이 없을 수밖에. 아, 아니, 늑대인간이 재희의 말에 고분고분할 수밖에.

늑대인간에게 배신감을 느낀 인영이 그를 바라보자, 늑대인간은 어색한 듯 뒷머리를 긁적였다. 그런 늑대인간에게 재희는 또 다른 요구를 했다.

"늑대인간 씨, 많은 건 안 바랄 테니까, 요강이라도 갖다 줘요. 네?"

"요, 요강?"

"요강 몰라요, 요강? 도시인이라서 요강 모르나? 인터넷 검색하면 다 나오니까 기대하고 있을게요."

재희는 귀엽게 웃어 보이며 늑대인간을 향해 한쪽 눈을 감았다 떴다.

그러자 쑥스러운 듯 어쩔 줄 몰라 하는 늑대인간. 그 모습을 본 인영의 배알이 뒤집어진다.

"아, 그리고요, 이따가 올 때 요강하고 인영이 갈아입을 속옷도 좀."

"언니!"

인영은 눈물을 흘리며 재희의 입을 막았지만 재희는 그런 인영을 다독이며 괜찮다는 시늉을 했다.

"……."

인영이 애써 울음을 참자, 늑대인간은 조용히 창고 문을 잠그고 밖으로 나갔다.

"애고, 우리 인영이 고생했어."

"흑! 언니, 이 사실을 소문이라도 내면 난 죽어버릴 거야!"

"걱정 마. 설마 내가 소문내겠니? 나도 여잔데."

"흑흑흑!"

"어쨌든 중요한 건 해결되어서 다행이다."

인영은 창피한 마음이 진정될 때까지 한참을 울었고, 재희는 인영이 울도록 내버려 두었다. 다만 조용히 인영을 끌어안고는 그녀의 울음이 그칠 때까지 다독였다.

마음을 추스른 인영이 울음을 그치자, 재희는 조용히 인영에게 물었다.

"근데 여기는 어디니?"

"……?"

갑작스런 질문에 인영이 재희를 쳐다봤는데, 그녀는 손으로 인영을 다독이면서 시선을 주변으로 향하고 있었다. 예리하게 주변을 훑는 모습이 재오의 눈빛과 똑같았다.

그녀들이 있는 곳은 커다란 창고였다. 조립식 건축물로 만들어진.

몇 십 미터의 높이를 가진 천장과 커다란 철문을 가진 창고였는데, 키가 닿을 수 없는 높이에 있는 창문은 죄다 판자로 막혀 있었다. 판자 사이로 들어오는 가느다란 빛줄기가 지금이 낮이라는 것을 알게 해줄 뿐이다.

오랫동안 사용 안 했는지 바닥에는 먼지가 수북했다.

"음, 꼭 우리 농협 공판장 창고 같네. 우리 농협이 농수산물을 직거래하는 곳이라 이런 곳에 자주 갔었는데……."

재희는 창고의 천장을 유심히 바라봤다. 천장은 지붕을 지탱하는 건물 골격이 그대로 드러나 있었는데, 천장을 가로지르는 대들보에 대들보와 대들보를 가로지르는 또 다른 대들보가 군데군데 설치되어 어지럽게 보였다.

말이 조립식 건물이지, 나무로 지은 예전 건물에 조립식 자재로 덧댄 것이라 지금 당장 무너져 내려도 이상하지 않을 듯싶었다.

"음, 이런 창고도 있었구나. 우리 농협 창고보다 더 낡았네."

주변을 둘러보며 중얼거리는 재희를 본 인영은 그녀가 심상치 않다는 것을 느꼈다. 지금 재희의 행동은 주변을 파악하며 궁리를 하는 재오의 모습과 똑같았다. 분명 무언가를 속으로 생각하는 것이리라.

"왜요, 언니? 무엇을 어떻게 하게요?"

"응? 갑자기 그게 무슨 소리야?"

"지금 무슨 방법을 찾아낸 거죠?"

"무슨 방법?"

"여기서 탈출하는 방법."

"호호, 얘는. 그냥 옛날 생각했어. 어렸을 때 오빠랑 같이 이런 낡은 건물 위로 올라갔었거든. 주로 나무를 많이 오르곤 했지만 임자 없는 이런 창고도 우리의 눈에서 벗어날 순 없었지. 근데 여기는 안 되겠다. 너무 낡아서 올라가면 무너져 내릴 것 같은데? 너 몇 킬로야?"

"에? 왜 갑자기 남의 몸무게는……."

"몇 킬로인데?"

재희가 웃으면서 재차 묻자 결국 자신의 몸무게를 말해 주는 인영. 인영의 몸무게를 들은 재희는 깜짝 놀라 대답했다.

"와! 너 보기보다 적게 나간다? 나보다도 적게 나가네?"

"진짜요? 보기엔 언니가 나보다 더 적게 나갈 것 같은데."

"나는 의외로 통뼈거든."

그렇게 말하면서 재희는 알통을 만들어 보였는데, 의외로 탄탄한 근육이 그녀의 팔에서 느껴졌다. 몸매 자체가 호리호리해서 연약해 보였는데, 연약함 속에 강함을 숨기고 있었다니……. 인영은 재희의 존재가 루시퍼보다 더더욱 있어선 안 될 존재라 여겨졌다.

"아무튼! 그런데 너 우리 오빠랑 어떤 사이야? 혹시 애인?"

"언니, 아니에요. 우린 그냥, 아니, 재오 오빠가 우리 집에서 기거할 뿐이에요."

"애인은 아닌데 동거?"

"아, 아니, 우리 집이 아니라 내가 일하는 집이요."

재희는 믿지 못하겠다는 듯 의심스러운 표정으로 인영을 바라보았다. 인영이 지금까지 재희와 수다를 떨긴 했어도 재희에게 재오와 관련된 상세한 내막은 말하지 않았다. 재희가 사실을 알게 되면 재희까지 조각의 일에 휘말려 위험에 처해질 수도 있었기 때문이다. 게다가 재오와 인영과의 인연을 설명하자면 그러한 일까지 모두 말해야 했기 때문에 그들의 인연에 대해선 대충 넘어간 상태였다.

"뭐, 좋아. 오빠도 애인이 생겼다는 말은 없었으니까. 배고프다. 빵이나 먹자."

재희는 늑대인간이 두고 간 빵과 우유를 뜯으며 야금야금 신나게 먹기 시작했다. 그런 재희의 모습을 보니 인영은 약간 심통이 일었다. 천진난만해도 너무나 천진난만하다.

지금은 위기 상황인데 위기의식을 느끼기는 하는 건가? 어떻게 저렇게 천진난만할 수가 있지?

"언니, 지금 우리 늑대인간에게 잡혀온 거라고요. 납치요, 납치! 그런데 뭐가 그리 좋아 싱글거려요?"

"금강산도 식후경이라고, 난 뭐 먹을 때가 젤 좋더라고. 그런데 말이야, 그 늑대인간, 진짜 늑대인간 맞아?"

"......"

웃으면서 묻는 재희의 물음에 인영은 쉽게 대답할 수가 없었다. 그러고 보니 늑대인간 자식이 자신의 모습을 그대로 보여줬다. 누구라도 늑대인간의 모습을 보고 놀라지 않을 수가 없지.

'어? 그런데 재희 언니는 이제야 늑대인간에 대해 묻네? 원래 이런 상황에 처하면 왜 자신이 이곳에 잡혀왔는지, 그리고 늑대인간의 정체는 뭔지 묻는 게 정상 아냐? 그런데 언니는 늦어도 한참 늦었잖아?'

"언니, 지금 우리 상황 안 궁금해?"

"궁금해. 그런데 왜?"

"근데 늑대인간에 대해서 왜 지금에서야 물어?"

"그냥. 내가 잘못한 거야?"

오히려 잘못되었냐는 재희의 물음에 인영은 얼굴이 새빨개져서 빵 봉지를 뜯어 입에 덥석 집어넣었다.

'우씨, 재오야, 재오. 여자 한재오.'

왠지 모를 열등감에 시달리며 빵을 전부 먹어치우려는

데, 재희가 은근슬쩍 말을 건넸다.

"이거 재오 오빠랑 연관되어 있는 거야?"

"음…….."

"요즘 재오 오빠, 얼마나 수상한지 몰라. 예전 아버지랑 싸웠을 때도 이렇게 까진 안 했는데 요즘은 엄마, 아빠, 그리고 나한테조차도 거리를 두려고 한단 말이야. 이거 재오 오빠랑 관련된 일이야?"

"……."

누구 동생 아니랄까 봐 재희는 꽤 정확히 핵심을 짚고 있었다.

"가족과 주변 사람이 휘말리지 않도록 조심을 하려는 거지? 그래서 공중전화로만 안부를 묻고 어디 사는지도 말 안 해주고."

"……."

"하지만 나도 휘말려 버렸으니 이제 이야기해 줘도 되지 않아?"

재희가 싱글거리며 말하자, 인영은 결국 재희에게 모든 것을 털어놓기 시작했다.

재희 말대로 이미 그녀는 조각의 일에 휘말려 버렸으니 모르는 것보단 아는 것이 낫다는 생각이 들었기 때문이다. 몇 시간에 걸쳐 인영의 말을 듣는 재희는 점점 놀라 입이

벌어지기 시작했다.

*　　　*　　　*

전보다 강한 힘을 얻어 스스로도 가늠할 수 없는 경지에 이른 재오는 정신을 집중시켜 조각들을 찾아내었다.

"서울 시내엔 총 여섯 명의 조각이 있군."

그가 신의 경지에 이르자 신기하게도 아주 쉽게 그들을 느낄 수 있었다.

"그런데 왜 나를 안 찾아왔을까? 예전의 나라면 조각들이 쉽게 이길 수 있었을 텐데."

재오는 지금 자신이 가진 힘과 예전의 자신이 가진 힘은 큰 차이가 있다는 것을 깨달았다. 늑대인간이 말한 '신'의 경지가 무언지는 알 수 없었지만, 적어도 예전의 재오가 가진 힘보다 조각들이 가진 힘이 더 컸다. 만약 그들이 그럴 맘만 있었다면 재오는 그들의 손아귀에서 살아날 수 없었을 것이 분명했다. 왜 지금껏 그들은 자신을 찾지 않았던 것일까?

"아무리 서로 경계를 하고 있었다지만… 그때 당시의 나는 늑대인간보다 약간 높은 힘을 가지고 있었을 뿐인데. 그런데 힘의 균형을 어떻게 이뤘기에 늑대인간이 아직도 살아 있는 거야? 놈들은 서로의 힘을 흡수해 힘을 더 키우는 것 아니었나? 그 틈에 늑대인간은 어떻게 살아남을 수 있었지?"

여섯 개의 조각 중 가장 약한 건 하나였다. 서울 외곽, 경기도 인근에서 느껴지는 늑대인간의 힘. 재오의 힘으론 결코 풀 수 없는 미스터리를 생각하고 있는데 갑자기 조각 다섯 개의 기운이 사라졌다.

"쳇, 저들도 나를 느꼈군. 내가 가진 힘이 너무 커진 건가? 숨기려고 했는데도 잘 안 되네. 에잇, 아무튼 저들 중 하나라도 잡아야⋯⋯."

재오는 구시렁거리며 가장 큰 힘을 가진 조각이 있는 곳으로 텔레포트를 하려고 했다. 그곳은 그가 익히 알고 있는 곳이었는데, 재오가 막 텔레포트를 하려는 순간 재오의 방 안으로 우당탕탕 하고는 세준과 당구장, 그리고 당구장의 손에 들린 '마검 루시퍼'가 나타났다.

루시퍼는 나타나자마자 당구장의 손아귀에서 빠져나와 재오의 머리 앞으로 날아왔다. 날을 뾰족하게 세워 재오에게 들이밀고는 외쳤다.

"어딜 가려고!"

"루시퍼? 세준? 당구장?"

살아 있는 그들의 모습을 본 재오는 허공에 떠 있는 루시

퍼를 툭 쳐서 땅바닥에 떨어뜨리고는 세준과 당구장에게
달려갔다. 그들 모두 죽었다고 알고 있던 재오이기에 멀쩡
히 살아 돌아온 그들의 얼굴이 무척 반가울 수밖에 없었다.
특히 세준은 그 시체도 어디 있는지 알 수 없었기에 마음속
으로 미안함이 가득 차 있었다.

"어떻게 된 거야? 루시퍼가 너까지 되살린 거야? 신당에
네 시체는 없었는데?"

"전 안 죽었습니다. 왜 산 사람을 죽은 사람 만듭니까, 기
분 나쁘게?"

으름장을 놓으며 말은 했지만, 세준의 표정엔 반가움이
감돌고 있다. 굳게 포옹을 하며 살아 돌아온 감격을 나누는
데, 루시퍼가 재오의 주변을 맴돌며 뻐기기 시작했다.

"다 내 덕이라고. 나 아니었음 이들은 다 죽었다. 그러니
나에게 고마움을 표현하거라."

"너도 다시 살아났구나. 정말 반가워. 근데 반가움을 표
시하기 전에 우선 맞고 시작하자. 반갑긴 한데 쌓인 게 좀
많거든!"

재오는 다시 루시퍼를 낚아채 있는 힘껏 땅바닥으로 내팽
개치고는 무자비하게 발로 밟았다. 루시퍼의 비명은 한동안
계속되었고, 한참 후에야 분이 풀린 재오는 그를 방구석으로
몰아놓고는 다시 당구장과 세준에게 반가움을 표현했다.

"죽지 않았다면 지금껏 어디 있었던 거야? 네 몸속에 있는 보호 아티팩트를 불러도 반응이 없었는데? 그리고 당구장은? 너 살아난 거 맞아? 네 육체는 신당에 있는데, 먼저 신당에 가야 하는 거 아냐?"

"신당에서 바로 네 방으로 텔레포트한 거다, 이 빌어먹을 녀석아! 사람은 왜 밟고 지랄이니? 그리고 너, 지금 뭐 하려 했어? 아니다. 그전에 너 어떻게 혼자 이승으로 온 거냐? 죽은 영혼은 절대 혼자서 저승을 벗어나지 못하는데!"

루시퍼는 낑낑대며 겨우 허공으로 솟아올랐는데, 다시 재오에게 잡히지 않기 위해 그와 거리를 두고 있었다.

"혼자 안 왔으니까."

"……?"

지상보살과 염라대왕을 만났다는 말에 루시퍼는 발버둥을 친다.

"제기랄! 그놈의 염라대왕, 일부러 말 안 했군! 우쒸! 죽여 버리겠어!"

루시퍼는 재오를 찾기 위해 저승의 곳곳을 날아다녔다고 한다. 하지만 며칠이 지나도 재오의 영혼을 찾을 수 없었고, 보다 못한 세준이 진광대왕에게 재오의 거처를 물어 황급히 이승으로 내려왔다는 것이다. 세준이 루시퍼에게 저승 사람들에게 재오의 거처를 물어보라고 권유했었지만,

이상한 자존심을 내세운 루시퍼는 세준의 제안을 거부했다는 것이다.

서열로 따지자면 옥황상제보다 몇 단계 위에 있는 루시퍼인데, 그런 그가 자신보다 못한 진광대왕이나 염라대왕에게 그딴 걸 물을 수는 없다는 자존심 때문이었다.

"쓸데없는 놈. 고집은 세서."

당구장 일행이 저승에서 겪은 이야기를 전부 들은 재오는 눈살을 찌푸리며 루시퍼를 노려봤다.

"그래서, 나의 권리가 루시퍼에게 넘어갔다고?"

"흥! 그래. 난 이제 네가 죽어도 언제든 널 다시 살릴 수 있어. 이른바 불사신이 된 거지."

"문제는 그게 아니잖아. 저승에서 권리를 가져왔다는 건, 영원히 소멸을 못한다는 거라며?"

"어차피 넌 그런 거 신경 안 쓰잖아? 뭘 새삼스럽게 나한테 시비냐?"

"……."

재오는 다시 그를 내동댕이쳐서 신나게 밟아주고 싶었지만 여러 번 낚아챔을 당한 루시퍼는 재오와 확실한 거리를 두고 있었다.

"좋아, 말 나온 김에 그 계약이라는 것을 확실히 이야기하자. 너랑 나와의 계약, 그 내용이 뭔지 내게 말해봐."

"몰라. 기억 안 나."

"너의 주인으로서 명한다! 계약 내용이 뭔지 나에게 말해라!"

"다른 건 몰라도 그건 너의 명령을 들을 수 없다! 하지만 그건 너와의 계약이 아닌 다른 것과의 계약이다. 결코 이 내용을 인간이 알아선 안 된다."

재오는 가늘게 눈을 뜨고 루시퍼를 노려보았다. 루시퍼의 힘까지 종속시킬 수 있는 재오의 명령에 루시퍼가 강하게 반하는 것은 절대로 알 수 없다는 의미다.

"계약 내용을 알 수 없는 계약이라……. 대체 무슨 꿍꿍이인 거지? 어떤 악함이 숨어 있는 거냐, 루시퍼? 난 지금 너의 손에 놀아나고 있는 것이냐?"

"……."

화가 난 재오가 루시퍼에게 소리쳤지만 그는 대답이 없었다. 재오가 화를 낼수록 재오의 몸속에서 마나의 파동이 거칠게 일어나자 루시퍼는 그제야 입을 열어 재오를 진정시킨다.

"흥분하지 마라, 한재오. 지금 넌 네가 가진 힘을 제대로 제어할 수 없다. 네가 흥분을 하면 제어할 수 없는 힘이 폭주를 일으킬 수도 있으니까 화는 자제해라."

"……."

새로 얻은 힘을 제어할 수 없다는 건 재오도 느끼고 있던 참이다. 그 힘을 제어하기까지 긴 시간을 필요로 하리라는 걸 그도 알고 있었다. 애써 화를 자제한 재오는 기억을 되살려 루시퍼와 첫 만남을 가졌을 때를 생각해 냈다.

"기억하겠지. 내가 널 처음 봤을 때, 그때 난 분명 나에게 해가 된다면 계약을 파기하겠다고 했다. 그게 내가 너랑 계약하는 조건이었다. 그 조건, 당연히 지켜지는 것이겠지?"

재오의 물음에 루시퍼는 낮은 신음 소리를 냈다.

한참을 망설이던 루시퍼는 천천히 재오의 물음에 대답한다.

"…너에게 해가 된다면… 그 조건은 당연히 지켜진다. 그 조건이 성립되는 건 너에게 해가 되었을 경우만이다. 아직 난 너에게 해를 끼친 적은 없다."

"내 영혼의 권리를 네가 가져온 건? 그건 분명 해가 되는 것일 텐데?"

"천만에! 해가 된다는 건 미래가 아닌 현재의 경우야! 내가 권리를 가져옴으로써 그런 해를 입힐 수도 있다는 거지, 꼭 그게 그렇게 되리란 법은 없어! 내가 관리를 잘못해 정말 그렇게 된다면 문제가 되겠지만 아직까지는 아니다! 그러니까 쓸데없는 소리에 그 '조건'을 사용하지는 말아!"

"……."

루시퍼는 딘호하게 소리치며 부정했다. 새오가 내답이 없자 루시퍼는 그대로 허공을 날아 재오의 방을 빠져나갔다.

셋만 남게 된 방 안은 공기의 무거움만이 흐르고 있었는데, 세준과 당구장은 먼저 입을 열 생각조차 하지 못했다. 계약의 당사자는 바로 재오였고, 재오의 부조리한 계약은 어떠한 말을 해도 되돌릴 수 없는 심각한 것이란 걸 뼈저리게 느꼈기 때문이다. 당구장과 세준이 재오의 눈치만 보고 있는데 상황을 정리한 재오가 조용히 입을 열었다.

"결국 말장난이라는 거로군."

"말장난?'

"루시퍼와 난 계약서를 쓴 적이 없어. 하지만 그 계약이란 게 어떻게 돌아가는지는 대충 감이 왔어. 결국 어떻게 해석을 하느냐에 따라 계약이 성립되고 안 되고 하는 거야."

"코에 걸면 코걸이, 귀에 걸면 귀걸이 식으로요? 그건 모순이 따라다니지 않나요?'

"그 정도는 아닐 거야. 해석을 해도 그런 식이 되어버린다면 계약이 성립되진 않겠지."

"어쨌든, 형님에게 해가 된다면 계약을 해지할 수도 있으니 적어도 빠져나갈 구멍은 있군요."

"예상컨대 결코 쉽지는 않겠지. 게다가 난 계약을 해지할 생각이 없어."

"……!"

세준은 다시 파우스트 이야기가 떠올랐다.

파멸을 향해 달려가는 파우스트. 그도 처음엔 메피스토를 이길 수 있으리라 생각했지.

파우스트여, 오오, 파우스트여.

재오는 실체를 알 수 없는 계약에 대한 건 잠시 미뤄두기로 했다.

매우 위험하기는 했지만, 지금 당장 재오는 루시퍼의 힘이 필요했기에 계약을 해지한다 해도 모든 일이 끝난 이후라고 생각했다. 어쨌든 재오는 그들이 해결해야 할 시급한 것들을 우선적으로 이야기했는데 그 첫 번째가 바로 에마에 대한 것이었다.

"일단 에마는 무사해. 다만 늑대인간의 표적이 되어버렸어."

"그럼 나도 늑대인간의 표적이 되는 건가요? 그 보호 아티팩트라는 거, 내 몸속에도 넣었잖아요."

"너나 당구장은 그다지 위험해 보이진 않으니까 알아서

들 해결해."

"아무튼 늑대인간을 빼면 가장 큰 문제는 아놀드 레이군요. 언제 그가 다시 지원을 찾을 지 알 수 없으니."

"아놀드 레이? 걔 죽었어."

"어?"

루시퍼가 방문 틈으로 검신을 드러내며 그들의 이야기에 끼어들었다.

루시퍼의 말은 재오와 당구장, 세준 모두를 놀라게 했는데, 루시퍼가 아놀드 레이를 죽였을 때는 이 셋 모두가 기절했거나 죽은 상태였기 때문에 지금껏 아놀드 레이의 생사 여부에 대해서 모르고 있었던 것이다.

그들이 모두 놀란 표정을 짓자 희열을 느낀 루시퍼가 신이 나서 이야기한다.

"다들 모르고 있었나? 놈이 재오를 죽인 직후 내가 재오의 몸을 빌려 그를 죽였지. 흐흐흐."

"그걸 왜 지금 말하는데?"

"언제 물어보기나 했냐?"

"좋아, 그럼 놈에게 호랑이에 대해서 알아났냐?"

"어떻게 알아놔야 하는데?"

루시퍼의 말에 재오는 거칠게 한숨을 내쉬었다. 저놈이 그런 걸 할 턱이 없지.

울컥 흥분이 되려 했지만 폭주할 수도 있는 자신의 힘 때문에 숨을 깊게 들이마셔서 심신을 안정시켰다.

"그럼 호랑이는 어떻게 찾으라고?"

"어차피 호랑이를 찾는 건 너니까. 살려준 것만 해도 고마운 줄 알아."

"어차피 너 아니었으면 죽지도 않았어."

"어쨌든."

루시퍼를 노려보던 재오가 긴 숨을 들이마시며 분을 삭이자 세준이 괜찮다는 듯 재오에게 말한다.

"어쨌든 한 가지 문제는 해결한 것 같군요."

"해결? 다른 문제에 봉착한 것은 아니고? 아무튼 그건 이제 숨 좀 돌릴 수 있겠네. 그럼 이제 조각에 대한 문제를 해결해야겠지?"

재오는 방 안을 떠다니고 있는 루시퍼를 바라본다. 재오의 시선이 자신에게 향하자 루시퍼는 잔뜩 긴장을 하며 살며시 뒤로 물러났다.

"뭘 물으려고 그렇게 째리는데?"

"왜 늑대인간이 에마를 노리는 거지?"

"늑대인간이 왜 에마를 노려?"

루시퍼는 정말 모르는 듯 이해할 수 없다는 말투로 재오에게 되물었다.

"늑대인간은 인영을 납치했고, 재희를 납치했다. 그리고 이번엔 에마까지 납치하려는 걸 내가 막았다. 인영은 몰라도 놈이 재희와 에마를 노렸다는 건 그들의 몸속에 있는 보호 아티팩트를 느꼈다는 거야. 이거 대체 어떻게 된 거야?"

"설마 그럴 리가 있나. 절대 그럴 리 없어."

"나도 그러길 바라지만, 이미 납치를 당했다고."

"……."

깊은 생각에 빠진 듯 루시퍼는 한동안 말을 하지 않았다. 그러다 천천히 조심스럽게 입을 여는 루시퍼.

"정제된 조각으로 보호 아티팩트를 만들었다고 하지만 그 보호 아티팩트 역시 내 몸의 일부로 만든 거야. 조각만큼은 아니지만 조각에 비견될 만한 힘을 가지고 있기는 하지. 하지만 정제된 조각이기 때문에 보호 아티팩트가 조각처럼 될 일은 없어. 조각과 비슷한 힘을 가지고 있다지만 정제되었기 때문에 그들이 조각을 느낄 리도 없다고. 적어도 그들은 내 통제 하에 있기 때문에."

"아뿔싸! 설마 저승?"

"제기랄! 맞다. 그렇군. 그래서 보호 아티팩트를 느낄 수 있었던 거로군."

원인을 알고 탄식을 하는 재오와 루시퍼와는 달리 세준

과 당구장은 그들이 왜 저러는지를 이해하지 못했다. 당구장이 살피며 묻자, 재오는 머리에 손을 두르고는 어이없다는 투로 간단히 말했다.

"루시퍼가 저승에 간 사이 루시퍼의 통제 하에 있던 보호 아티팩트의 힘이 늑대인간에게 노출된 거야."

"아냐. 나의 통제는 그 정도로 약하지 않아."

"……?"

재오는 의아한 표정으로 루시퍼를 바라보았다. 같은 생각인 줄 알았는데 루시퍼가 아니라고 하니 진실이 뭔지 아리송해졌다. 루시퍼는 허공을 일직선으로 날아와 재오의 눈앞에 검날을 바짝 치켜세웠다.

"저승에서 내 힘이 너한테 옮겨졌기 때문이야. 나는 내 조각들을 통제할 수 있어도 넌 조각들을 통제 못하잖아."

"……?"

의외의 말이었다.

루시퍼의 힘이 재오에게 옮겨졌다니?

아니, 곰곰이 생각해 보니 지장보살도 그 비슷한 말을 한 적이 있다. 인간이 가져선 안 될 힘. 아마 루시퍼의 힘을 말하는 것이겠지. 그런데 루시퍼의 힘이 자신에게 옮겨져?

"젠장, 일이 이렇게 번질 줄이야. 보호 아티팩트가 문제가 될 줄은 전혀 생각하지도 못했군. 어쨌든 안 되겠다. 우선 너에게로 간 내 힘부터 찾아야지."

"네 힘이 나에게로 옮겨졌다니, 그건 무슨 소리야? 어떻게 네 힘이 나에게 옮겨질 수 있는데?"

"몰라. 저승은 영적인 공간이라 네 몸을 공유하다 보니 각자의 영혼이 서로에게 반응했던 것일 수도 있고, 내 몸이 산산조각 났기에 내 영혼으로 응집된 힘이 너에게 옮겨갔을 수도 있고. 가능성은 엄청 많아. 나도 정확히는 알 수 없는 게, 이런 경우는 이번이 처음이니까."

재오는 루시퍼의 말에 순간 짜증이 났다.

도대체 일이 어떻게 돌아가는지 전혀 파악을 할 수 없다. 그나마 유일하게 그 모든 것을 알고 있고, 몰라도 의지할 수밖에 없는 루시퍼는 아무런 생각 없이 일을 처리하고 있다.

그가 움직일수록 일거리는 더욱더 늘어나고, 일은 계속 꼬이고 있다. 차라리 놈이 잠들어 있던 때가 훨씬 나았다.

그땐 자신의 의도대로, 설혹 의도대로 되진 않더라도 적어도 예측하고 가늠할 수는 있었으니까.

하지만 루시퍼 놈이 깨어나 설치면 설칠수록 일은 점점 미궁 속으로 빠져들었다.

무엇 하나 제대로 하는 게 없는 놈이다. 무식하게 힘만

가지고 있을 뿐, 그 힘을 이용해 무엇을 제대로 하려 하지 않았다. 계약만 아니었다면 이 녀석을 만날 일도 없고, 이 녀석에게 휘둘릴 일도 없었다. 이 녀석이다! 이 녀석 때문에 그나마 잘 흘러가던 일도 다시 꼬였고, 어디서부터 풀어야 할지 갈피를 잡을 수가 없다. 대체 어쩌란 말인가! 문제만 만들고 대체 어쩌라고!!

"크아아악!!"

밀려오는 짜증과 울분에 재오는 버럭 소리를 질렀고, 그 소리에 방 안이 우르르 흔들렸다.

방 안이 흔들리며 자신이 지르는 외침과 함께 몸속의 무언가가 함께 퍼져 나가고 있다는 것을 느꼈지만, 재오는 울분을 달래기 위해 한참 동안을 소리만 질렀다.

자신이 지르는 고함으로 인해 세준과 당구장이 방바닥에 주저앉아 고통에 휘말리고 있는 것이 보였지만, 재오는 너무나 화가 났던지라 자신의 고함을 중단할 생각을 하지 않았다.

재오가 자신의 속에 있는 울분을 모두 내뱉어냈다고 생각하는 찰나, 갑자기 그의 눈앞 허공에 떠 있던 루시퍼가 커다란 굉음과 환한 빛을 내며 사방으로 공중분해돼 흩어졌다.

그제야 정신을 차린 재오가 한껏 내어지르던 고함을 멈

쳤는데, 그때는 이미 재오의 방 천장과 벽에 루시퍼의 파편이 수없이 박힌 후였다. 잠시 뒤 루시퍼가 산산조각 날 때 방출했던 환한 빛이 사라지자 정체 모를 여자가 의식을 잃고 쓰러져 있었다.

Chapter
06

대
변
화

고함을 지름으로써 재오는 자신의 울분은 가라앉혔지만, 순식간에 변한 상황으로 인해 한동안 넋을 놓고 있어야 했다. 우선 그곳에 제대로 서 있는 사람은 재오 자신밖에 없었다. 당구장과 세준은 커다란 상처를 입은 듯 바닥에 쓰러져 거친 숨을 몰아쉬고 있었다.

"재, 재오 형님? 이게 대체……."

세준이 바닥에서 몸을 일으켜 재오을 바라봤다. 그래도 세준은 몸을 움직일 수 있는 듯 바닥을 기어 세준의 옆에 쓰러진 당구장에게 기어갔다. 그녀의 맥을 짚어보고는 안

도의 숨을 쉬는 것으로 보아 당구장은 의식을 잃고 있었지만 생명에는 지장이 없는 것으로 보였다.

재오는 고개를 돌려 벽과 천장에 박힌 루시퍼의 파편들을 바라보았다.

그래, 분명 루시퍼는 공중에서 폭파했고, 환한 빛을 내며 사방으로 흩어져 자신의 방 천장과 벽에 박힌 것이다. 다행히 루시퍼의 파편들은 세준과 재오, 당구장에게는 어떠한 피해도 주지 않고 그들을 통과해 벽에 박혔다.

'제길! 내 힘이 폭주한 것이로군!'

사건의 원인을 깨달은 재오는 입술을 질끈 깨물었다.

제길, 제길, 제길!

울분을 억제하지 못한 자신을 탓하면서 재오는 루시퍼가 있던 자리에 쓰러져 있는 여자에게 다가갔다. 자신이 폭주를 했다는 건 알겠는데, 갑자기 나타난 이 여자는 뭐지?

바닥에 쓰러져 의식을 잃고 있는 여자는 18세 정도로 앳돼 보였는데, 어려 보이는 얼굴에 비해 몸은 성인의 몸이었다. 그녀는 나체인 채로 쓰러져 있었기에 재오는 황급히 자신의 겉옷을 벗어 소녀에게 입혀주었다.

루시퍼가 사라지가 갑자기 나타난 여자. 제기랄! 설마? 상황이 상황인지라 그렇게밖에는 생각할 수 없잖아!

"그 여자는 누구죠?"

"루시퍼."

"루시퍼?"

"검이 깨지고 그 속에 있는 루시퍼가 나타난 거야."

"……!"

세준은 재오의 말이 믿어지진 않았지만 딱히 그의 말에 반박할 수 없었다. 아니, 반박을 하기 전에 지금 이 상황 자체가 어리둥절했다. 세준이 멍한 얼굴로 재오를 바라보고 있는데, 재오는 갑작스레 소녀를 거칠게 흔들었다.

"야, 일어나! 너 루시퍼 맞지? 얼른 일어나라고! 야, 인마, 루시퍼! 야, 자식아!"

"형, 형님……."

귀엽고 매력적인 여자임에 분명했으나 재오는 그녀를 여자라고 생각하지 않는 모양이다.

어쨌든 거친 재오의 행동이 효과가 있었는지 소녀는 의식을 차리고 재오를 바라보았다. 그녀는 눈을 뜨자마자 심하게 기침을 하며 말했다.

"콜록콜록! 내가 화내지 말랬잖아! 윽! 녀석의 폭주에 몸이 망가진 거 같아. 제길, 쟤들은 완전히 뻗었구만?"

루시퍼는 자신이 사람의 모습, 여자가 된 것을 알아채지 못한 모양이다.

"뭐가 어떻게 된 거냐, 루시퍼?"

"뭐가 어떻게 돼? 네가 화를 내는 바람에 힘이 폭주해서 세준은 물론 당구장, 나까지 이렇게 만든 거잖아. 그나마 세준은 보통 사람이라서 네 녀석의 영향을 덜 받았지만, 당구장은 그녀가 가진 기가 상당히 많았기에 너의 마나와 충돌을 일으켜 목숨까지 위험한 지경이라고."

루시퍼의 말에 세준은 당구장을 바라본다.

"괜찮아. 위급하긴 하지만 재오가 치료해 주면 돼."

"아니, 그거 말고."

"……?" "너 말이야. 네 몸."

"어?"

루시퍼는 그제야 자신이 사람, 그것도 여자가 된 것을 깨달았다.

"오? 인간이 됐다? 근데 왜 여자의 몸이 되었지? 이왕 되려면 남자로 되지."

"헛소리 말고! 어떻게 된 거야?"

재오가 거칠게 되묻자 루시퍼는 고개를 가로저었다.

"몰라. 기억 안 나. 나를 속박하고 있던 검이 깨지면서 내 본모습이 나온 모양이지."

"너 원래 여자였냐?"

"여자는 개뿔! 절대 아냐! 이건 뭐가 잘못되었다고!"

루시퍼는 강력하게 거부하며 짜증을 냈다. 자신이 여자

라는 것이 맘에 안 드는 모양이다.

"어쨌든! 얼른 당구장이나 치료해!"

재오의 고함에 루시퍼는 두덜거리며 낭구상에게 다가갔다. 그녀의 손을 한동안 잡고 있더니 갑자기 '어?' 하면서 재오를 바라보았다.

"왜?"

"……."

루시퍼는 대답 대신 재오에게 다가와 그의 손을 끌고 당구장에게 다가갔다. 재오의 손을 당구장의 가슴에 대고는 말했다.

"씨팔, 난 이제 힘 완전히 못 쓴다. 완전한 사람이 된 건지 마나가 전혀 느껴지질 않아. 그러니 당구장은 네가 치료해."

"어떻게 해야 하는데?"

"네가 평소에 하는 훈련이랑 똑같아. 마나 모을 때 말이야. 마나를 모아서 원을 그린다는 느낌으로 회전시켜."

루시퍼의 말대로 하자 몇 분 안 되어 당구장이 의식을 차렸다. 자신의 가슴에 손을 대고 있는 재오를 보고 희미하게 웃는 당구장.

"이젠 괜찮아. 위급 상황은 끝났어. 이젠 당구장 혼자서도 충분히 치료할 수……."

빠각!

"헉!"

짧은 외침과 함께 재오는 정신을 잃고 말았다.

눈을 뜨자마자 재오가 자신의 가슴에 손을 대고 있는 것을 본 당구장이 본능적으로 다리를 올려 재오의 턱을 가격했던 것이다.

당구장에게 가격당한 재오는 그대로 의식을 잃었고, 상황은 그렇게 일단락 지어졌다.

재오가 다시 눈을 떴을 때는 그의 방이 아닌 인영의 신당이었다. 거실이 눈에 들어왔다.

재오의 방은 마검 루시퍼의 파편으로 사용할 수가 없었기에 신당 거실로 자리를 옮긴 것이다.

루시퍼는 거실 소파에 앉아 텔레비전을 시청하고 있었고, 당구장은 거실 한쪽에서 스트레칭 체조를 하고 있었다. 재오가 깨어난 것을 본 당구장이 몸을 일으켜 재오에게 다가왔다.

"괜찮아요?"

"어? 어."

"미안해요. 나는 기억에 없는데 내가 재오 씨 턱을 날렸다네요. 그래서 쓰러졌다고 세준 선배가 그랬어요."

멋쩍은 듯 당구장이 머리를 긁적이며 말하자 재오는 그

제야 자신이 당구장의 발에 맞아 정신을 잃었다는 것이 생각났다.

"세준은?"

"쌓인 일이 있다고 갔어요. 앞으로의 상황도 알아본다네요."

"몸은 괜찮아? 내가 정신을 잃기 전 넌 위급한 상황이었는데?"

"나요? 난 괜찮아요. 오히려 전보다 가뿐한 걸요."

그러자 텔레비전을 보고 있던 루시퍼가 끼어들었다.

"네 녀석의 힘이 상당히 강했잖아. 아픈 만큼 성숙해진다고, 네가 휘저어 놓은 만큼 공력이 증가했다고. 네가 상처 입힌 내상이 오히려 당구장에게 도움이 된 거야."

"오, 진짜요?"

당구장이 좋아하며 되물었지만 루시퍼는 텔레비전에 시선을 고정시키고는 고개를 돌리지 않았다.

따악!

루시퍼가 뒤통수 맞는 소리가 경쾌하게 거실에 울려 퍼졌다. 루시퍼의 TV 시청을 방해한 건 재오였다.

"아얏! 왜 때려!"

"이 자식아! 이게 다 누구 때문인데!"

"폭주를 일으킨 게 나 때문이냐? 내가 경고했지! 절대로 화내지 말라고! 네가 화를 내서 그런 거잖아! 게다가 그 때문에 난 완전히 힘을 잃어버렸다고!"

억울하다는 듯 외치는 루시퍼의 말에 재오는 잠시 머릿속이 캄캄해졌다.

"…그럼 어떻게 되는 거야?"

"몰라."

심각한 재오와 달리 루시퍼는 아무 생각 없는 듯 다시 텔레비전 프로그램을 시청하며 까르르 웃기 시작했다.

"야, 루시퍼! 이거 심각한 일 아냐?"

"심각한 일이지. 그런데, 뭐?"

"……."

따악!

"아, 왜 또 때리는데?"

"심각한 일인데 그러고 있는 게 말이 되느냐고."

"그럼 어쩌겠어? 왜 이렇게 됐는지 전혀 모르는 걸!"

"……."

루시퍼의 말에 재오는 다시 손을 올렸지만 루시퍼는 당구장 뒤로 도망쳤다.

"참아요, 참아. 루시퍼 씨의 말이 맞는 거 같은데……."

당구장의 말에 재오는 못마땅한 표정으로 손을 거뒀다.

"그런데요, 루시퍼 씨에게는 불행한 일일지도 모르지만,

재오 씨에게는 이득 아닌가요?"

"어리석은 인간, 겨우 힘 하나 얻었다고 그게 이득이냐?"

"하지만 없는 것보다는 낫잖아요."

"그렇게 따지면 나도 불행은 아냐. 마검 속에 있는 것보다는 여자라도 인간이 된 게 나아."

"……?"

당구장은 말의 의미를 자세히 묻기 위해 루시퍼를 바라보았지만 그사이 루시퍼는 또다시 텔레비전을 보며 깔깔거리고 웃고 있었다.

"좋아, 일단은 이렇게 된 이상 지금 해야 할 일을 해야겠지?"

"어떤 거요?"

"우선 너희들이 오기 전 조각들을 처리할 생각이었어. 그놈들 중 한 명은 어디 있는지 대략 파악해 놨고."

"지금 안 가는 게 좋을걸."

텔레비전을 보고 있는 루시퍼가 의미심장한 어투로 끼어들었다.

"왜요, 루시퍼 씨?"

"저놈은 자신의 노력으로 힘을 얻은 것으로 생각할 수도 있겠지만, 저놈이 사용하는 힘엔 내 힘이 들어 있다고. 그리고 그 힘은 언제 터질 지 몰라. 지금까지 저놈이 마법을 사용했기에 내 힘을 조금이나마 다룰 수 있었던 거지, 저놈이 흥분하거나 한다면 힘이 폭주를 일으킨다고. 너도 겪어서 알 거 아냐?"

루시퍼의 말에 당구장은 재오의 눈치를 살폈다.

"내 힘을 조각들에게 빼앗기는 것도 문제고, 폭주하는 것도 문제라고. 아까는 폭발이 재오 방을 벗어나지 않았으니까 다행이지, 조각을 만나면 지구를 집어삼킬지도 몰라."

"그럼 언제 가라는 거냐?"

"내가 힘을 되찾을 때까지."

루시퍼의 말이 끝나기가 무섭게 재오가 소파에서 일어났다. 그러자 당구장도, 텔레비전을 보고 있던 루시퍼도 재오를 바라보았다. 재오의 행동이 심상치 않음을 느낀 루시퍼는 굳은 표정으로 재오에게 묻는다.

"너 왜 그러냐?"

"네 힘 같은 거 관심도 없어. 하지만 조각을 잡을 기회를 놓칠 순 없지."

"야, 너 조각이랑 만나면 어떻게 될지 모른다니까! 지구가 폭파될 수도 있어!"

"폭파되던지."

퉁명스럽게 말하는 재오의 다리를 루시퍼가 굳게 부여잡았다.

"안 돼! 가지 마! 가지 말라고!"

"왜 갑자기 그러냐?"

"가지 말라고! 지구가 폭파되는 건 눌째 치고, 너 가면 조각들에게 내 힘을 빼앗길 수도 있어! 그 녀석들에게 힘을 뺏기면 다시 찾기 힘들다고!"

재오와 루시퍼의 말에 당구장은 이것들이 제정신인가 하는 생각을 했다. 지구가 폭파된다는데 그건 안 중요하고 힘을 빼앗기는 게 뭐가 어떻다고? 적어도 재오는 그럴 사람이 아니라고 생각했는데 그게 아니었나?

그때 재오가 자신의 발에 매달려 있던 루시퍼를 발로 펑 때리며 마법을 시전하려 했다.

당구장은 같이 가자고 소리치며 재오를 향해 몸을 날렸고, 루시퍼는 뒤로 밀려났음에도 불구하고 다시 몸을 일으켜 몸을 날린 당구장의 발에 매달렸다.

그 순간 그들은 사라졌고, 거실엔 켜진 텔레비전에서 나오는 소리만이 시끄럽게 울려 퍼지고 있었다.

요강과 여자 속옷, 그리고 그녀들이 먹을 빵과 우유를 손에 든 늑대인간이 다시 창고에 돌아왔을 때, 그곳엔 인영의 모습이 보이지 않았다.

"어? 그 여자는 어디 있어?"

"갔어요."

"가다니? 어딜?"

"집에 간다고 가던데요?"

"……?"

"그 빵, 우리 줄 거죠? 인영이 갔으니 인영이 것까지 내가 다 먹을게요."

인영은 늑대인간이 가져온 물품을 챙기고는 그가 들고 있는 빵과 우유 봉지를 뺏어 들었는데, 그녀가 몸을 움직이자 그녀의 가슴골이 늑대인간의 눈에 들어왔다. 그러자 당황한 늑대인간이 고개를 돌렸다.

'이 여자, 발정이 난 건가. 상체 옷은 모두 벗어버리고 가슴 속옷만 하고 있다.'

"옷, 옷은 어떻게 된 거야?"

"아, 인영이가 내 옷이 예쁘다고 입고 갔어요. 망할 년, 가져가려면 자기가 입고 있던 옷이라도 내놓고 가지."

인영이 사라진 일이 중대한 일이긴 했지만, 하체는 빼고 거의 반라인 상체로 인해 늑대인간은 놀란 게 아닌 당황하고 있었다. 어쨌든 늑대인간은 정신을 제대로 수습하고 창고를 흩어봤다. 이미 오랫동안 사용하지 않은 창고라 넓기만 했지 창고 안에 있는 건 아무것도 없었다. 수북이 쌓인 먼지, 그 먼지와 함께 간간이 보이는 종이 박스 쪼가리. 설마 인영의 능력이 몸을 숨기거나 줄일 수 있는 것이었던가? 자신이 알기로는 그런 능력은 없고 물을 사용해 얼음으로 만드는 능력일 텐데? 아니, 그것도 내가 조각을 가져와서 사용하지 못하잖아. 설마 그녀의 몸 안에 느껴지는 조각 기운이 그녀의 능력을 사용할 수 있게 한 건가? 그런 조짐은 안 보였는데?

늑대인간은 별의별 생각을 다 하다 재희를 바라보며 물었다.

"대체 어떻게 한 거야! 어떻게 여길 빠져나갔냐고?"

재희는 이미 자신의 몫을 먹어치우고는 인영의 빵을 뜯고 있던 중이었다.

"그게요, 우선은 늑대인간 씨가 간 이후였어요. 우린 이 것저것 이야길 했는데 갑자기 배가 고파진 거예요. 원래 인영이 나이 대는 쉽게 배가 고프잖아요. 그래서 둘이 내기를 해서 인영이 간식 사러 간 거죠. 그런데 간식을 사가지고 오더니 집에 가겠다고 바로 가더라고요. 내 옷이 예쁘다고 뺏어 입더니 말이죠. 늑대인간 씨에게 안부 전해달래요."

"……?"

재희는 어리바리한 표정을 짓고 있는 늑대인간에게 손바닥을 내밀었는데, 그녀의 손바닥에는 작은 과자가 올려 있었다. 아니, 과자인 것은 분명했으나 늑대인간은 본 적 없는 과자였다.

거무스레한 것이 무언가 단단히 뭉쳐서 만든 듯한……. 시중에 이런 과자를 파나?

"자요. 아까 먹다 남은 과자예요. 먹어봐요."

늑대인간이 불안한 눈으로 재희를 쳐다보자, 그녀는 억울하다는 듯 뾰로통해 있다.

"지금 절 의심하는 거예요? 먹기 싫음 말아요. 그래도 늑대인간 씨 주려고 남겨둔 건데."

재희가 오히려 화를 내듯 말하자, 늑대인간은 재희가 내민 과자들 들어 입으로 가져갔다. 그리고 조심스럽게 살짝 깨물어본다.

"딱딱할 줄 알았는데 부드러운데?"

입안에 들어가자 사르르 녹는다. 남은 조각까지 모두 입속에 넣고 삼키자 재희는 그제야 만족한 듯 뾰로통한 표정을 풀고 배시시 웃었다.

늑대인간은 그녀의 웃음에서 왠지 모를 공포감을 느꼈다. 그때,

"욱!!"

"어디야!"

불현듯 천장에서 인영의 소리가 났고 늑대인간이 천장을 향해 고개를 돌리는 순간, 그는 다리 사이 남성의 중요한

부분에 커다란 통증을 느끼면서 그대로 바닥으로 쓰러졌
다.

"아이 참, 소리 내지 말라니까."

"허윽!"

"미안, 늑대인간 씨. 사정을 봐주면 당신을 어쩌지 못해
서요."

늑대인간은 바닥에 쓰러져 몸을 부르르 떨고 있었다. 아
니, 손이라도 움직이고 싶지만 그럴 수도 없는지 온몸을 움
찔거리고 있었다.

재희가 몸을 떠는 늑대인간을 바라보고 있는데, 그녀의
바로 머리 위에서 옷을 엮어 만든 얇은 줄이 내려왔다.

"언니."

"아참, 인영이!"

얇은 줄을 타고 내려오는 인영을 재희가 받쳐 내려줬다.
천장에서 아래로 내려온 인영은 내려오자마자 구석으로 달
려가 구역질을 해댔다.

"설마 진짜 저걸 먹을 줄이야……."

나오지도 않은 구역질을 모두 한 인영은 그제야 자신의
몸을 가리며 재희를 바라보며 울었다.

"흑! 언니, 이거 정말 소문내면 나 죽어버릴 거예요! 특히
재오 오빠에게 말하면……."

"걱정 마. 내가 이걸 왜 말해? 재오 오빠는 물론 아무에
게도 말 안 해."

재희는 쓰러진 늑대인간에게 다가가 그의 겉옷을 벗겨
인영에게 입혀주었다.

인영은 속옷 하나 입지 않은 상태였는데, 그녀가 타고 내
려온 천이 인영과 재희의 겉옷으로 만든 것이었다. 어렸을
적 시골에서 살며 동네 개구쟁이 짓은 모두 했던 재희에게
옷을 찢어 밧줄을 만드는 건 식은 죽 먹기였다. 문제는 옷
들이 작아 충분한 체중을 실을 수 있는 끈을 만들기가 어렵
다는 것이었다. 인영의 체중에 맞춰 끈을 만들어놓으니 그
길이도 사람 키만큼 부족했다. 하지만 부족한 사람 키는 인
영이 재희를 밟고 오르는 것으로 해결했고, 그 끈을 만들기
위해서 인영은 그녀가 입고 있는 옷을 모두 벗어야 했던 것
이다.

물론 재희가 위로 오르고 인영이 아래에 남아 있을 수도
있었다. 나무를 타거나 담벼락을 오르는 건 인영이 보다는
재희가 훨씬 잘했기 때문인데, 재희는 끈을 만들기 전 인영
에게 이렇게 물었다.

"모두 벗고 천장 대들보에 숨어 있을래, 반쯤 벗고 아래
에 남아 늑대인간의 낭심을 가격할래?"

여러모로 따져본 인영은 결국 모두 벗고 줄을 타고 천장

에 오르기로 했다.

늑대인간에게 자신의 반쯤 벗은 모습을 보여주느니 다 벗고 아무한테도 안 보여주는 게 더 나으니까.

재희가 벽을 타고 천장에 올라 대들보에 밧줄을 매고 내려오자, 인영은 재희의 도움을 받아 천장으로 올랐다. 그리고 벌벌 떨며 대들보 위를 기어 그녀들이 있는 창고 중앙으로 이동했고, 그 대들보 위에 몸을 뉘이고 늑대인간이 올 때까지 기다렸던 것이다.

"그런데 늑대인간, 죽은 거예요?"

움찔거리다 이젠 움찍거리는 것도 하지 않는 늑대인간을 보며 인영이 걱정스럽게 물었다.

"음… 아마 죽었을 수도. 거기 잘못 맞으면 죽어."

"……"

인영은 늑대인간이 매우 불쌍하다는 생각이 들었다. 재희에게 속아 빵으로 만든 정체불명의 과자를 먹은 것도 모자라, 인정사정없이 남자의 그곳을 가격 당했으니까.

늑대인간이 먹은 것은 재희와 인영이 먹던 빵을 꼭꼭 눌러 과자 모양으로 만들어 말린 것이었다. 완전히 말리면 부스러질 수도 있었으나 늑대인간이 그 과자를 먹었을 땐 침이 아직 남아 대충 과자 형태를 띠고 있었던 것이다.

"윽! 그 과자요, 생각하니 또 나오려고 그래."

"그럴 시간 없어 빨리 여기를 벗어나자."

"늑대인간은 어쩌고요? 아직 할머니가 어디에 있는지도 모르는데⋯⋯."

인영이 걱정스럽게 말하자, 인영과 늑대인간을 번갈아 쳐다보던 재희는 늑대인간의 몸을 뒤져 핸드폰을 꺼냈다.

"119죠? 여기 위치는 모르는데 위치 추적 가능하죠?"

"언, 언니!"

인영이 소리 죽여 재희를 말리려 했지만, 재희는 그런 인영을 만류하고는 계속 전화 통화를 했다. 재희가 모든 통화를 끝내자 인영이 놀라 그녀에게 묻는다.

"언니, 어쩌려고?"

"난 여기 남을 테니 넌 빨리 가."

"네?"

"어차피 늑대인간 녀석은 정통으로 거길 맞아서 한동안은 병원 생활을 해야 할 거야. 내가 늑대인간 옆에서 할머니의 소재를 알아낼 테니까 너는 먼저 여길 벗어나."

"언니 혼자서요? 그럼 저도 같이⋯⋯."

그러자 재희는 인영의 말을 끊으며 단호하게 말한다.

"나 감시당하고 있다며. 그럼 내가 늑대인간에게 납치당했다는 것도 대충은 알고 있을 거야. 지금까지 오빠가 자신의 흔적을 호랑이에게 노출시키지 않았는데, 네가 여기 남으면 호랑이에게 너란 존재가 노출돼. 그럼 오빠가 노출되는 선 시간문제란 말이야.

"⋯⋯."

재희는 다시 늑대인간의 몸을 뒤져 지갑을 꺼냈다. 지갑에서 돈을 모두 꺼내 인영의 손에 쥐어줬다.

"나중에 오빠 보고 나 찾아오라고 해. 안 그럼 가만 안 두겠다고."

"언니⋯⋯."

"빨리. 그 호랑이란 놈, 신출귀몰한 놈이라면 지금 벌써 냄새를 맡았을지도 몰라. 그러니까 빨리 가."

인영은 재희를 꼭 끌어안고는 창고를 벗어났다. 그녀가 갇혀 있던 창고는 경기도 지역에 있는 버려진 창고였는데, 몇 시간 후 그녀는 자신의 신당에 도착할 수가 있었다.

Chapter
07

대
면

재오가 모습을 드러낸 곳은 창덕궁 후원 부용지였다.

"여긴 뭐야?"

"창덕궁. 우리나라 궁궐. 과거의 왕이 사용했던 건물이
지."

"이런 곳에 제일 강한 조각이 있단 말이야?"

"내가 녀석들 중 제일 센 놈의 기운을 느꼈던 곳이 여기
야."

"벌써 몇 시간은 지났잖아요. 아직까지 있을까요?"

"모르지. 근데 넌 왜 온 거냐?"

재오는 덩달아 따라온 당구장을 쩨리며 말했다. 그녀가
아니었다면 귀찮은 루시퍼도 오지 않았을 터다.

"뭐 어때서요. 조각이랑 만나 무슨 일이 일어날지 모른다
면 수습해 줄 사람 한두 명쯤 있는 게 좋잖아요."

"수습은 무슨. 지금 넌 그들에게 상대도 안 돼."

"와! 연못이다! 연못!"

당구장의 말에 면박을 주는데 주위를 두리번거리던 루시
퍼가 신이 나서 떠들었다.

"이거 인공으로 만든 거야? 와! 물고기도 있어! 물은 더
러운데 어떻게 물고기가 살지?"

"네가 말했잖아, 멍청아. 연못은 원래 물이 약간은 탁
해."

"원래 물고기는 탁한 곳에서 사는 거냐?"

"시끄럽고, 넌 왜 왔냐?"

하지만 루시퍼는 재오의 말은 듣지도 않고 부용지에 있
는 정자로 달려가 오르려 했다. 간신히 루시퍼를 잡아 말렸
지만 루시퍼는 또다시 쪼르르 달려가 부용지 이곳저곳을
신기한 듯 바라보기 시작했다.

"야, 인마! 너도 저쪽 세계에서 세계 정복했었다며? 그럼
이런 건 했을 거 아냐!"

"차마 이 생각은 못했다. 연못을 만들 생각. 죄다 사람들

이 궁전에 불을 지르고 도망가서 말이야. 잘 봐뒀다 나중에 써먹어야지. 근데 왜 사람들이 없냐?"

"글쎄? 출입 금지라도 시켜놨나?"

"출입 금지라니요? 아니, 우리 여기 들어와도 되는 곳이에요? 창덕궁 같은 문화재라면 우리 같은 사람이 함부로 들어오면……."

위기의식을 느낀 듯 당구장이 말끝을 흐리자 재오가 괜찮다는 듯 말을 잇는다.

"너는 창덕궁 한 번도 안 와봤냐? 창덕궁 후원은 관리를 위해 개방을 했다가 안 했다가 그래. 최근 관리를 위해 개방 안 한다는 소리는 듣긴 했는데 모르지."

"어쨌든, 왜 조각이 여기에 있지?"

루시퍼는 조각이 분명 이곳에 없다고 생각하는 듯했다. 그에 반해 재오는 연신 주변을 둘러보며 경계하고 있었다.

"글쎄. 이곳 뒤에서 사람들의 기가 느껴지긴 하지만, 정원 관리를 하는 관리인들 같군."

"음, 기라……."

재오의 말에 당구장도 정신을 집중해 주변의 기를 느껴보았다. 확실히 부용지의 뒤편에서 두 사람의 기가 느껴졌다. 그녀는 이승에 오고 처음으로 기를 사용해 보는 것이다.

만약 저승에서 이승으로 온 바로 직후였다면 그녀는 자유롭게 기를 사용할 수는 없었을 것이다. 하지만 이승에 온 후 재오에게 심한 내상을 입고, 그 내상을 치유하는 과정에서 당구장은 자연스레 저승에서 사용했던 기의 일부를 완전히 받아들이게 되었던 것이다.

재오는 기를 느끼기 위해 정신을 집중하는 당구장을 보고 놀라 루시퍼에게 물었다.

"설마 지금 당구장 기를 느끼고 있는 거야?"

"쟤 저승에서 꽤 막대한 양의 마나를 다뤘거든. 게다가 혹독한 훈련(?)을 통해서 기를 완벽하게 사용할 수 있었지. 더구나 너의 폭주로 인한 내상으로 그때 느꼈던 기가 완벽히 쟤 몸에 안착했어. 모르긴 해도 저승에서 사용했던 것만큼 이승에서도 기를 사용할 수 있을 거야."

"와, 신기하다!"

현실에서도 기를 느낄 수 있게 되자 신이 난 당구장이 눈을 번쩍 뜨며 좋아한다.

그리곤 황급히 손에 기를 주입해 작은 기공을 만들어 내 보았다.

"설마 그거 기공이야?"

"진짜 되네? 혹시나 하고 만들었는데."

"저승에서의 파괴력을 바라진 마라. 그땐 검에 있던 힘이

너에게 동화되어 있었지만 지금은 마검이 파괴된 관계
로……."

"아, 그래서 그때 그렇게 강력한 폭발이 일어났던 거로
군."

"……?"

재오가 알지 못하는 소리가 오갔지만 그는 묻지 않았고,
자신감이 붙은 당구장이 근처에 떨어진 나뭇가지를 들어
검을 휘두르듯 휘둘렀다. 저승에서의 기억을 되살려 기를
나뭇가지에 불어넣자 그때처럼은 아니지만 꽤 강한 검기가
나뭇가지에 생성되었다. 나뭇가지를 두세 번 휘두르자 저
승에서 익혔던 검법이 완벽히 생각이 났다.

"쳇, 저 검법까지 기억하는 거야?"

무언가 못마땅한 듯 투덜거리는 루시퍼의 말에 당구장은
재오가 검술을 알고 있다는 말이 생각났다.

"재오 씨, 저랑 검술 대련 한번 해보실래요?"

"경거망동하지 마. 우린 적진 깊숙이 들어와 있다고."

"있는지 없는지도 모르잖아요. 그러지 말고 한번 해봐
요."

"나 그런 거 못해."

재오가 계속 발뺌하자 당구장은 말없이 재오를 향해 나
뭇가지를 휘둘렀다. 어차피 저 사람 속은 알 수 없기에 정

말 검술을 할 줄 아는지 알아보려면 직접 시험해 보는 게 빨랐다. 재오는 당구장이 나뭇가지를 휘두르자, 살짝 몸을 비틀어 그녀의 나뭇가지 검을 피했다.

'음, 검술인가? 피하는 것만 보면 검술은 아닌 것 같은데.'

"경거망동하지 말라니까."

하지만 당구장은 계속 재오를 향해 나뭇가지 검을 휘두르며 돌진했다. 그녀가 중단할 생각이 없음을 안 재오는 계속 몸을 요리조리 피하다 결국 땅에 몸을 구르면서 바닥에 떨어져 있던 나뭇가지를 주워들었다. 당구장이 검을 들이밀자 재오는 그 검을 쳐 옆으로 비켜나가게 했다.

"오, 대련이야? 재밌겠다. 근데 재오 너, 나뭇가지에 마나를 불어넣지 않으면 곧 당구장의 나뭇가지에 부러진다."

"마나는 어떻게 불어넣는데?"

"에이, 저건 할 줄 알면서 꼭 물어봐. 그냥 평소대로 해."

"검 놓은 지 꽤 됐는데……."

루시퍼의 핀잔에 재오가 중얼거렸지만, 루시퍼의 말대로 재오는 나뭇가지에 마나를 불어넣었다. 당구장은 자신의 검술과 비교해 봤지만 재오가 검술을 한다고 생각할 수 없었다. 하지만 그녀가 아는 검술은 크고 화려한 동작의 검술이었는데, 만약 그녀가 검술에 조금이라도 관심이 있었다면 재오가 하는 동작이 '검도'의 기본자세라는 것을 쉽게 알 수 있었을 것이다. 그는 몸을 움직여 사람을 죽이는 체술(體術)은 배웠어도 검을 사용하는 것은 '총검술' 밖에는 몰랐다. 총검술은 검도가 아닌 체술에 속했다.

당구장은 자신의 공격이 전혀 먹혀들지 않자 점점 부아가 치밀어 오르고 있었다. 적어도 재오가 따라올 수 없는 스피드로 검을 움직여 그를 공격하고 있다고 생각했는데, 그럼에도 불구하고 재오는 족족 그녀가 휘두르는 검을 모두 막아내고 있다. 게다가 웃긴 건, 머리를 공격하던 가슴을 공격하던 모두 한 가지 자세로 검을 휘둘러 그녀의 검이 자신의 몸에 다가오지 못하게 하고 있다는 것이다.

"나도 이곳에 저런 검술이 있다고는 생각하지 못했다. 동작이 크지는 않지만 꽤 실용적인 기술이었어. 게다가 검을 보고 반응하는 재오의 운동신경도 좋고."

루시퍼는 아예 땅바닥에 누워 그들을 지켜보고 있었다.

당구장은 분명 사람의 눈으로 쫓아오지 못할 스피드로 검을 휘두르고 있다고 자부했다. 하지만 시간이 지날수록 밀리는 건 그녀였고, 멀쩡한 재오에 비해 점점 체력이 줄어들고 있었다. 약이 바짝 오른 당구장은 급격히 몸을 낮춰 재오의 다리를 공격했다. 얼굴을 공격하려다 바로 몸을 틀어 하체를 공격했기 때문에 충분히 먹혀들어 갈 것이라 생각했다. 하지만 재오는 그녀가 몸을 굽히자마자 몸을 뒤로 빼내며 발로 흙을 차 그녀의 눈에 뿌렸다. 흙은 정확히 당구장의 눈 속에 들어갔고, 그녀가 두 눈을 감는 순간 재오는 당구장의 손목을 치고는 그대로 그녀의 몸을 밀어버렸다. 나뭇가지 검을 떨어뜨린 당구장이 눈 속의 흙을 닦아내고는 재오를 올려다봤다.

"검술 모른다면서요!"

"내가 아는 건 검도의 기본자세야."

"검도?"

"검 기술은 검 기술인데, 솔직히 검 기술이라고 하기엔 조금 그렇지. 검도의 검 기술과 그냥 검술의 검 기술은 많이 다르거든."

그 말에 당구장은 한숨을 푹 내쉬었다.

"어쨌든 그건 당신 생각이고, 검도 역시 검술 아냐. 할 줄 모른다더니 완전히 속았잖아! 그래도 검술 하나는 당신보다 나은 줄 알았더니만."

"너무 풀 죽지 마. 검 빠르기만 따진다면 난 벌써 KO니까."

"그럼 어떻게 내 검을 피한 거예요?"

"난 다만 네 발과 손을 봤을 뿐이야."

"……."

"행동이 커. 아무리 검이 빨라도 몸이 쫓아가는 넨 한계가 있지. 조금이라도 검을 다룬 놈이라면 너의 큰 행동을 보고 충분히 예측할 거야. 검이 어디로 날아올지 말이야."

"대체 검도는 언제 배웠어요? 그런 정보는 없었는데?"

"대학 때. 벌써 10년도 넘은 일이다. 그땐 점수를 못 내긴 했어도 점수를 준 적은 없었지."

당구장은 자신들에게 정보를 준 호랑이를 원망했다. 물론 그들 스스로도 재오에 대해 조사를 했지만, 재오에 대한 기본 정보는 호랑이가 준 정보를 바탕으로 하고 있었다. 한편으론 10년이 지났다는 말에 재오가 나이 많은 사람이라는 것도 실감이 났다. 이미 그는 루시퍼에 의해 10년은 젊게 보였기 때문에 간혹 가다 하는 재오의 이런 말이 아니면 진짜 그녀보다 어리게 느껴졌다.

"이 검술, 저승에서 배웠냐?"

"네."

"어쩐지 무식하게 스피드만 빠르더라. 네가 검을 충분히 다뤘다면 나 같은 건 금방 끝냈을 텐데."

재오의 말에 당구장은 루시퍼를 바라보았다. 모르긴 해도 루시퍼는 검과 마법을 동시에 알고 있는 최고의 실력자였다. 그녀가 아는 검술 역시 루시퍼가 알려준 것이지 않은가?

"왜 날 봐? 재오 말이 맞아. 풀떼기 상대하는 것과 재오처럼 영리한 녀석을 상대하는 건 많이 다르지."

루시퍼의 말에 당구장은 누구한테 검술을 배워야 하는지 고민되었다. 재오한텐 정말 배우기 싫고, 루시퍼가 강하다는 건 아는데 너무나 경박해서 믿음이 안 가고, 급작스럽게 배운 검술이지만 검술이라도 재오한테 이겨보고 싶고. 아, 검도 학원이라도 다녀야 하나?

그때였다, 재오의 목소리가 심각하게 변한 건.

"얼른 일어나. 조각이다."

"조각?"

재오는 나뭇가지를 들어 부용지 쪽을 겨누고 있었다. 재오의 시선을 따라 부용지를 바라보는데, 갑자기 부용지의 호수에서 커다란 파동이 일더니 하늘 위로 솟아올라 그들을 향해 덮쳐왔다. 재오와 당구장은 각기 다른 방향으로 몸을 피했지만 그들을 덮쳤던 물줄기는 갈래를 나눠 그들을 쫓기 시작했다.

"뭐야, 이거?"

"조각이 근처에 있어! 자리를 피한 게 아니라고! 뒤에서 조종하는 거야!"

"그게 가능해요?"

"네 눈으로 보면서 내게 묻지 마!"

재오는 자신을 향해 날아오는 물줄기를 향해 화이어 볼
을 내던졌다.

그러자 재오에게 다가오던 물길은 화이어 볼에 맞아 수
증기가 되어 증발했다. 하지만 당구장을 쫓던 물길은 그대
로 당구장을 덮쳐 그녀를 물 안에 가둬 버렸다.

"푸흡! 살려줘요!"

"검 기술을 사용하던가! 그게 익숙하지 못하면 네가 아는
걸로 피하면 될 걸."

재오는 커다란 물줄기 속에 갇힌 당구장을 보고 투덜거
렸다. 그녀는 검이 아니더라도 충분히 강한 여자였다. 체력
이나 상황 파악, 그리고 반사 신경 등은 그녀가 하는 일의
특성상 재오를 능가하고도 남았던 것이다. 물줄기는 당구
장을 가둔 후 바로 하늘 위로 떠오르려 했는데, 그것을 본
재오가 황급히 비행 마법과 텔레포트를 동시에 사용해 물
줄기의 바로 위로 몸을 이동했다. 그리고 다시 화이어 볼을
만들어내 당구장을 가두고 있는 물줄기를 증발시켜 버렸
다.

"으악! 사람에게 불을 내뿜으면 어떻게 해요!"

"어쨌든 안 죽었잖아. 원래 물을 담은 종이는 불에 안 타
는 법이야. 과학시간에 안 배웠나?"

"내가 종이인 줄 아나……."

"뭐야? 이게 끝이야?"

그때까지도 재미있는 영화를 보는 듯 지켜보고 있던 루시퍼가 싱겁다는 투로 투덜거렸다.

재오는 주변을 경계하며 루시퍼에게 소리쳤다.

"너 뭔가 알고 있는 거야? 녀석들이 왜 공격했고, 어디에 있는 거야?"

"그걸 내가 어떻게 아냐? 난 이제 그놈들을 느낄 수 없어."

그때였다. 루시퍼의 말이 끝나자마자 그녀가 누워 있던 땅바닥이 무너져 내리며 루시퍼를 빨아들이는 것이 아닌가?

"우왁! 왜 갑자기 날 공격하는 거야! 살려줘!"

당구장이 황급히 루시퍼를 구하기 위해 달려갔지만, 재오는 무슨 생각인지 배시시 웃으며 부용지의 뒤쪽을 바라보며 중얼거렸다.

"왜 공격했을까? 네 말을 들었으니 공격했겠지. 후훗, 찾았다."

당구장은 루시퍼가 땅속으로 끌려들어가지 않게 하기 위해 그의 손을 잡고 끙끙거리고 있었는데, 그걸 본 루시퍼가 답답하다는 듯 소리쳤다.

"바보 같으니! 검을 사용해서 땅바닥을 내려쳐! 놈은 지금 땅을 이용해 마나를 보내고 있다고!"

"아? 아!"

루시퍼의 호통에 멍한 표정이 되었던 당구장은 그녀의 말대로 나뭇가지에 기를 담아 있는 힘껏 땅바닥을 내려쳤다. 그러사 땅은 거나란 신동을 일으키며 루시퍼를 뱉어내었고, 그녀는 하늘 위로 솟았다가 땅으로 뚝 떨어졌다. 당구장이 허둥대다 가까스로 루시퍼를 받아내었는데, 그녀를 받는 동시에 그대로 땅바닥을 굴렀다.

　"아이고, 머리야, 엉덩이야. 목뼈가 나가지 않은 것만 해도 다행이군. 아무튼 초보는 이래서 문제야. 그런 거 한 번에 생각해 내지 못하냐?"

　"헤헤, 아무튼요."

　"재오는? 재오는 어딨어?"

　빙글거리는 머리를 부여잡고 일어난 루시퍼가 재오를 찾았지만 재오는 그곳에 없었다.

　"어? 방금 전까지 여기 있었는데?"

　"쳇, 조각을 쫓아갔나 보군. 멍하니 있지 말고 재오의 기를 찾아봐!"

　땅이 루시퍼를 삼키려 했을 때, 재오는 조각의 흔적을 쫓아 부용지의 뒤쪽으로 텔레포트했다. 부용지를 지나면 애련지라는 또 다른 작은 연못이 나오고, 그곳을 지나면 북한산의 끝자락을 지나는 작은 오솔길이 나온다. 그 오솔길을 따라 걸으면 창덕궁의 측면 문을 지나 정문으로 나오는데,

재오가 텔레포트한 곳은 그 오솔길의 한 부분이었다.

구불구불한 오솔길은 길게 펼쳐져 있었다. 창덕궁이란 궁궐이 북한산의 끝자락을 등지고 지은 천연의 요새였기 때문에 예전의 임금님들은 산을 둘러싼 그곳에서 신변을 보호받으며 가끔 북한산을 경유하는 이 작은 오솔길에서 산책을 하셨음이 분명했다. 그때에도 그러한 오솔길을 관리하는, 혹은 정원이나 수풀을 관리하는 사람들이 있었는지는 모르겠지만, 지금 그곳엔 두 명의 일꾼이 나무와 풀 등을 깎아내 손질하는 작업을 하고 있었다. 그 오솔길이 꽤나 긴 길이었기 때문에 그들은 각기 먼 곳에 떨어져 한 명은 나무를, 그리고 또 다른 사람은 풀을 관리하고 있었다.

재오는 그들 사이에 모습을 드러냈는데, 그들 서로가 작은 새끼손가락 크기로 보이는 거리라 그 누구도 재오가 나타난 것을 알 수 없었다. 그 사이에 나타난 재오는 그 둘을 바라보다 풀을 깎고 있는 사람을 보고 빙그레 웃음을 지었다. 그리고 또다시 모습을 감췄다.

숲 속에서 풀을 깎는 사람은 50대 전후의 김씨였다. 그는 오래전부터 이곳 창덕궁에서 관리인으로 일하고 있었다. 낫으로 지나치게 높게 자란 풀들을 깎던 그는 수풀 주변에 떨어진 쓰레기를 보고 그것을 줍기 위해 낫질을 멈췄다.

"쯧쯧, 오솔길에서 여긴 못 들어오게 되어 있는데 누가 또 들어와 버리고 갔군. 왔으면 곱게 보다 가든가. 암튼 사람들이 참."

그가 쓰레기를 주워 자신의 겉옷 주머니에 넣다가, 불현듯 몸을 날려 옆으로 굴렀다. 몸을 일으켜 자신이 있던 곳을 바라보니 웬 청년이 서 있다. 청년의 폼을 보니 강하게 발로 내리찍은 폼이다. 김씨를 바라보는 청년의 얼굴엔 살기가 풀풀 풍기고 있다. 그 청년은 바로 재오였다. 놀란 김씨는 땅바닥에 주저앉은 채로 재오를 올려다보며 말을 더듬었다.

"뭐, 뭐야, 자네? 갑자기 어디서 나타난 거야?"

"아깝네. 머리를 찍어 골로 보내 버리려고 했는데."

"뭐, 뭐야?"

김씨는 당황해했다. 갑자기 나타난 것도 모자라 자신의 목숨을 노리고 있었다는 말을 서슴없이 하다니. 게다가 여긴 일반인 금지 구역인데?

"자네, 어떻게 여길 들어왔나?"

하지만 재오는 다시 그의 말에 대꾸하지 않았다. 대신 몸을 날리는 동시에 오른손에 커다란 화이어 볼을 만들어 김씨의 몸에 날렸다. 놀란 김씨가 몸을 비틀어 화이어 볼을 피했지만, 어느새 재오가 김씨의 눈앞에 서서 김씨를 향해 주먹을 날리고 있었다. 재오의 주먹이 김씨의 코앞까지 날아온 순간, 재오는 강한 힘에 밀려 뒤로 밀려났다.

"이제 보통 사람 역할은 끝낸 건가?"

"…여긴 내 직장이다. 우선 결계부터 치자."

"좋아."

김씨는 방금 전의 당황한 목소리가 아니었다. 냉랭한 목소리로 말한 그가 수풀을 향해 손을 움직이자 근처에 있는 몇몇의 수풀이 꿈틀거리며 움직였다. 그것으로 결계를 치는 것이 끝났던 건지 김씨는 재오를 노려보며 물었다.

"사람이 두 명밖에 없다지만, 그게 나라는 것을 어떻게 알았지?"

"쉽지. 마나를 땅속에 불어넣어 루시퍼를 공격하려면 직접 땅에 손을 대고 있어야 하지. 다른 사람은 나무를 깎고 있었고 넌 풀을 깎고 있었으니까."

"나무를 통해서 마나를 불어 넣을 수도 있는데?"

"나무를 통하는 것보다는 직접 땅에 손을 대는 것이 편하지."

"…영리하군."

재오는 씨익 웃으며 손에 화이어 볼을 만들었다.

"나무나 풀을 움직이는 능력인가? 그것들은 불이 직방이지."

"…원하는 게 뭔가?"

"너희들이 원하는 거."

재오는 김씨를 향해 화이어 볼을 날렸지만 갑자기 땅에서 흙기둥이 솟아나와 그것을 막았다.

"영리하긴 한데 성급하군."

"먹고 먹히는 관계인데 더 이상 말을 섞을 필요가 있나?"

"우리 피스들은 이제 소강상태다. 상위 다섯 명이 남았고 우린 더 이상 서로의 힘을 흡수할 필요가 없다는 것을 알았다. 그러니 이제 우릴 내버려 두면 안 되나?"

"훗, 웃기는 소리. 그럼 늑대인간은 뭐지?"

재오의 물음에 김씨는 나직이 탄성을 질렀다. 그들에게도 늑대인간은 골칫거리였던 모양이다.

"우린 그 녀석에 대해 신경도 쓰지 않는다. 처음엔 그 녀석이 위험했지만, 이제 더 이상은 우리를 위협할 수 없다."

"오, 정말? 내 귀엔 그놈을 이용하고 버렸단 소리로 들리는데?"

"......"

그 사실이 맞는 듯 김씨의 표정이 살짝 어두워졌다.

"그래서 너희들은 뭘 어쩔 건데? 그리고 서로의 힘을 흡수할 필요가 없다는 이유가 뭐야?"

"…그걸 너에게 알려줄 필요는 없겠지."

"하긴 그렇겠네. 그럼 나 역시 더 이상 너랑 말을 섞을 필요가 없겠지."

재오의 2차 공격이 시작되었다. 재오는 텔레포트를 해서 김씨의 뒤로 이동했지만, 그의 이동을 알았는지 김씨는 황급히 몸을 피했다. 하지만 재오가 준비한 건 그것만이 아니었다. 김씨가 이동한 곳을 향해 중력 증가 마법을 사용하자, 다시 몸을 피하려던 김씨는 몸을 꿈틀거리더니 제자리에 주저앉았다. 주변의 중력을 증가시킴으로써 움직임을 느려지게 했던 것이다. 하지만 김씨의 대응 또한 만만치 않았는데, 그는 황급히 재오의 주변에 있던 수풀을 움직여 공격했다. 그로 인해 김씨를 억압하고 있던 마법이 풀렸고, 몸을 자유롭게 움직일 수 있게 된 김씨는 재오를 향해 흙기둥을 만들어 정통으로 그의 복부를 가격했다.

재오가 텔레포트를 이용해 요리조리 빠져나갔기에 김씨는 우선 흙을 재오의 옷 속에 집어넣었고, 옷 속에 들어간 흙을 이용해 재오를 땅바닥으로 내려꽂은 후 새로운 흙으로 그의 복부를 가격했던 것이다.

"쿨럭! 수풀이 아니라 땅이었나?"

"……."

재오는 입가에 묻은 피를 닦으며 옷 속에 있는 흙을 털어냈다. 복부를 가격당한 충격으로 인해 재오는 피를 토해내고 있었다.

"하긴, 자신의 밑천을 쉽게 말하진 않겠지. 알면 그땐 죽음이니까."

"우린 아직 협상의 기회가 남아 있다. 지금이라도 우릴 내버려 둔다면……."

"까는 소리 하네. 그냥 죽어. 어차피 네놈들이 죽는 건 시간문제니까."

"이건 하나 알려주지. 네가 사용하는 마법은 강하긴 하지만 느리다. 겨우 불덩이 날리는 것과 순간이동이 네가 빨리 사용할 수 있는 마법의 전부겠지. 하지만 네가 다른 마법을 사용하는 순간, 나는 네놈의 등 뒤로 다가가 목을 딸 거야. 그런데도 날 죽이려고 애쓸 텐가?"

김씨의 말을 들은 재오는 피식 웃는다. 김씨가 불필요한 것까지 말하는 것으로 보아 그는 재오와 협상을 원하고 있는 게 분명했다. 그런데 왜 협상을 원할까? 적어도 재오는 그가 좋은 의미로 협상을 원한다고 생각하진 않았다. 아니, 처음부터 재오에겐 협상할 생각이 없었다.

재오는 김씨를 향해 피식 웃어 보였고, 그가 웃는 동시에 재오의 몸이 휙 하고 사라졌다.

그리고 순식간에 김씨의 앞에 나타나 그의 목을 부여잡고 허공으로 들어 올렸다.

"내가 그런 거 하나 모를까 봐? 아무 생각 없이 적진에 들어와 너희들을 죽이려 하겠냐?"

"캑캑! 순, 순간이동은 아니었어. 대체……?"

목이 조인 채로 허공에 떠 있는 김씨가 간신히 말을 하다가 문득 변화된 재오의 팔을 바라보았다. 재오의 두 팔은 짐승의 것처럼 수북한 털이 나 있었는데 근육으로 둘러싸여 크게 부풀어 올라 있었다. 그리고 변한 건 팔만이 아니었다. 그의 다리 역시 근육과 털로 둘러싸여 있었다. 재오는 빠른 스피드와 힘을 위해 자신의 팔과 다리를 짐승 이상의 것으로 변화시킨 것이었다.

"늑대인간을 보고 좀 배웠지. 최근 내가 새로운 힘을 얻어서 말이야."

"캑캑……."

재오는 길게 자라난 손톱으로 김씨의 심장을 단숨에 파내려고 했다. 그런데 손바닥을 벌려 손톱을 길게 세우려던 재오가 갑자기 온몸에 고통을 느끼며 땅바닥에 주저앉았다. 허공에 들어 움켜쥐고 있던 김씨를 놓아버린 것은 당연한 일이다.

"뭐, 뭐야, 갑자기?"

"정말 어떻게 변할지 알 수 없는 놈이군. 약아빠진 늑대인간 녀석이 왜 이 녀석은 쉽게 제압하지 못했는지 이제 알겠군."

"위험했어요. 어쨌든 사로잡았으니 빨리 본체를 취하
죠."

김씨가 자신의 목을 쓰다듬으면서 말하는데, 불현듯 네
사람이 모습을 드러냈다.

세 명의 남자와 한 명의 젊은 여자였는데, 그중 20대로
보이는 남자가 재오에게 다가서며 말했다. 남자는 20대가
한 명, 30대가 두 명이었는데 30대의 남자들은 각기 양복과
추리닝을 입고 있었다. 그중 추리닝을 입고 있는 남자가 20
대의 남자를 가로막았다.

"본체를 취하더라도 네가 그 일은 할 순 없지."

"이거 왜 이래요? 이미 말 맞춰놓은 거잖아요."

"난 그런 적 없는데? 놈을 죽이는 걸 네가 하기로 한 거
지."

"그게 그거죠!"

"훗, 힘을 흡수할 필요가 없다더니 말과 사실은 다른가
보군."

의견이 맞지 않는 그들의 모습을 본 재오가 피식거리고
웃자 20대 초반으로 보이는 여자가 발끈해서 외쳤다.

"네가 우릴 가만히 내버려 뒀으면 이런 일이 안 생기잖
아!"

"내가 내버려 뒀으면, 그랬으면 어쩔 건데?" "……."

여자는 대꾸를 하려다가 김씨의 만류에 입을 다물었다. 하지만 굉장히 분한 듯 재오를 계속 노려본다.

"언제부터 와 있었던 거지?"

"네가 우리를 느꼈을 때부터."

"……!"

"순진한 건가, 아님 어리석은 건가? 내가 친 결계가 우리의 힘을 타인이 느낄 수 없게 만드는 결계인 줄 알았나? 아니, 그런 결계만 칠 줄 알았냐고."

"이런, 젠장."

김씨는 대립하고 있는 두 명의 남자에게 다가가 그들을 말렸다.

"어차피 본체는 저 녀석의 몸속에 숨겨져 있다. 일단 죽여. 살아 있으면 귀찮은 녀석이니. 본체 분해는 나중에 생각해도 돼."

"그럼 이 녀석을 죽이면 안 되죠. 죽이는 것이 곧 본체를 갖는 건데."

그러자 김씨는 여자를 바라보았다. 여자는 김씨가 바라보는 의미를 아는 듯 재오를 향해 손을 내밀었는데, 주변에 물방울이 생겨나 재오를 감쌌다. 아마 인영이처럼 물을 사용하는 능력을 가지고 있는 듯했다.

"공기를 차단히면 알아서 죽겠죠. 직접 손을 사용하지 않아도 말이죠."

여자는 물의 구체를 만들어 그 속에 재오를 넣어 외부와 분리시킬 생각이다. 공기와 차단된 상황이라면 제아무리 강한 힘을 가진 재오라 해도 숨이 막혀 죽을 수밖에 없기 때문이다. 하지만 재오를 구체 속에 가둔 지 몇 초가 지나지 않아 물의 구체는 갑자기 수증기로 변해 허공으로 증발해 버렸다.

"어? 어떻게 된 거지?"

"어떻게 되긴, 우려했던 일이 일어난 거지."

당황한 여자의 등 뒤로 들리는 어린 소녀의 목소리. 다섯 명의 피스가 황급히 뒤를 돌아보자 어느새 들어왔는지 루시퍼와 당구장이 그곳에 서 있었다.

Chapter
08

거
래

재오가 사라진 직후, 당구장은 부용지의 뒤쪽에서 그의 기를 느낄 수 있었다. 하지만 그것도 잠시, 재오의 기가 흔적도 없이 사라졌다.

"어라? 분명히 느꼈는데?"

"갑자기 사라져? 그럴 리가. 무슨 마법진이라도 쳤나? 그렇지 않으면 그럴 수가 없는데?"

"마법진… 이겠죠, 아마?"

"글쎄. 난 재오에게 그런 걸 가르쳐 준 적 없어. 그럼 조각들이 쳤나?"

"이제 어떡해요?"

"우선 재오가 사라졌다는 곳으로 가보자."

재오의 기가 느껴졌던 오솔길에 도착해 다시 한 번 재오의 기를 찾아봤지만 당구장은 그의 흔적을 찾아낼 수가 없었다.

"그럼 기 말고 다른 마법의 기운 같은 건 못 느끼겠냐?"

"그게 뭔데요? 사람의 기 말고 느낄 게 또 있나요?"

"음, 마나나 기나 결국은 그게 그건데… 초보라 그런 건 못 느끼려나."

루시퍼는 인상을 찌푸렸지만 어쩔 수 없다는 듯 주변을 거닐기 시작했다.

"뭐 해요?"

"분명 마법진일 거야. 아니면 놈이 또다시 텔레포트했다는 건데, 다시 텔레포트했을 거라면 놈이 이곳으로 텔레포트할 필요는 없었겠지. 재오 놈은 귀찮은 건 딱 싫어하는 성격이거든. 그럼 여기 주변 어디에 마법진이 설치되어 있을 거야."

"만약 도망치는 조각을 쫓아 또다시 텔레포트한 거라면요?"

"그럼 X 되는 거니까 제발 아니길 빌어! 네가 탐지할 수 있는 영역은 겨우 이 정도잖아!"

루시퍼가 앙칼지게 쏘아붙이자 당구장은 삐져서 입술을
내밀었다.

"그리고 니도 찾아. 분명 무언가 느껴질 거야."

"뭘 느껴야 하는데요?"

"바람! 임의로 아공간을 만들어내 마나를 숨겼다면 아공
간이 생성된 주변으로 미세한 바람이 불어. 아공간 속의 마
나가 더 높기 때문에 생기는 대류 현상이라 생각하면 돼.
암튼 그걸 찾아. 에이, 저래서 초보는 안 돼. 나라면 당장
찾아냈을 텐데."

그녀들은 각기 다른 방향으로 움직여 바람을 느꼈지만
당구장은 그 미세한 바람이라는 것이 어떤 건지 몰라 두세
번이나 루시퍼에게 꾸지람을 들어야 했다. 자신이 느낀 바
람이 마법진으로 생긴 바람인지 확인하기 위해 루시퍼를
몇 번이나 부를 수밖에 없었던 탓이다.

"이건 자연적인 바람이고, 마법진에 의해 생겨나는 바람
은 왜곡 현상이라고. 소용돌이가 일어나듯이 그 자리에서
만 부는 바람이 있을 거야."

"차라리 소용돌이를 찾으라 하지."

"소용돌이가 아니니까 그렇지. 암튼 너도 느껴보면 그게
뭔지 확실히 감을 잡을 수 있을 거야."

그러나 결국 마법진을 찾아낸 건 루시퍼였다. 당구장은

그 차이가 뭔지 정확히 알 수는 없었으나 루시퍼가 시키는 대로 허공에 검을 가르려 했다.

"나뭇가지에 기를 불어넣어 가르라고요?"

"살짝만 갈라. 너무 세면 마법진이 완전히 깨지니까. 놈들이 눈치채지 못하도록."

"아, 진짜 그건 또 뭐래."

"그냥 잘라!"

쉬잉!

루시퍼가 가리킨 허공에 검을 가르자, 그곳에서 갑자기 강한 기가 뿜어져 나왔다. 기를 느낄 수 없는 루시퍼도 느꼈는지 인상을 찡그리며 탄식을 내뱉는다.

"제기랄! 나까지 느낄 정도면 폭주다!"

"네? 재오 녀석이 폭주하기 시작했다고! 얼른 들어가자!"

루시퍼는 당구장의 손을 잡아끌었고, 그들이 허공 속 마법진 안으로 사라지자 잠시 균열을 보였던 결계는 원 상태로 되돌아갔다.

그녀들이 마법진, 김씨가 친 결계 안으로 들어왔을 때는 물의 구체 속에 갇힌 재오가 정신을 잃고 폭주를 시작하려는 찰나였다.

루시퍼가 힘을 잃었다지만, 다섯 명의 조각은 그녀가 누

군지 알아본 모양이다. 그들은 모두 두려운 표정으로 루시
퍼를 노려보고 있었다.

"짜식들, 놀라긴. 아무튼 시간 없으니까 니늘은 빨리 사
라져라."

"왜, 왜 다들 그러고 있어요? 지금 본체는 힘이 없다면서
요? 그럼 지금 이 기회에……."

여자 역시 공포감을 나타냈지만, 지지 않고 버럭 소리를
질렀다.

"어린것이 나서기는. 아무튼 어디를 가나 여자가 문제
야. 꼭 제 주제를 모르고 설치거든. 사람들 이간질이나 시
키고."

"어, 어디서 여성 비하적인 발언을 하고 지랄이야! 너도
여자의 몸이면서!"

"니들이 그러는 시간에 재오는 더욱더 막을 수 없게 된
다. 빨리 꺼져."

그때 재오의 몸에서 기가 강하게 뿜어져 나와 그곳에 있
던 사람들의 몸을 뒤로 밀었다. 조각들은 일이 심상치 않게
돌아감을 느꼈지만 루시퍼의 말을 따라야 할지 고민하는
듯 서로의 얼굴을 바라보았다. 김씨가 재빠르게 루시퍼에
게 말했다.

"지금 당신은 모든 힘을 잃어버렸을 텐데요? 재오는커

녕 우리가 당신을 죽인다 해도 그것을 막을 힘이 없을 텐데?"

"훗, 그럼 죽이던지. 왜 너희들이 나를 무서워하는지 말안 해도 잘 알 텐데?"

"……."

일순 그들의 표정이 일그러지며 입을 다물었다. 당구장은 갑작스런 그들의 태도가 의아했지만 재오의 힘이 점점 커지는 것이 걱정스러울 뿐이다.

"아니, 저기, 재오 씨, 응? 저거 어떻게……."

"다행히 니들이 결계를 쳐놔서 당분간은 막을 수 있다지만, 여기서 재오의 힘이 더 커진다면 나도 장담 못해. 그러니까 시간 끌지 말고 빨리 결정해."

"그냥 죽여요! 먼저 죽이고 생각하면 되잖아요!"

여자가 공포에 질려 소리쳤다. 여자를 향해 루시퍼의 싸늘한 눈길이 향하자 여자는 겁에 질려 한 발짝 뒤로 물러났다. 겁에 질렸다지만 만약 다른 조각들이 동조를 했으면 분명 루시퍼를 죽이려 했을 것이 분명했다.

그때였다. 정신을 잃은 채 힘을 키우고 있던 재오가 괴성을 지르며 여자를 향해 달려들었다.

하지만 여잔 비명을 지르며 뒤로 물러났고, 그녀를 돕기 위해 20대의 젊은 남자가 끼어들었다. 재오는 남자를 잡아 그대로 둘로 찢어버렸다.

"제길! 완전 이성을 잃었군!"

당구장이 루시퍼를 안아 들고 멀찌감치 벌어졌다. 다른 조각들 역시 재오에게서 물러났지만 정신이 나간 재오의 반응은 재빨랐다. 조각들이 미처 몸을 움직이기도 전에 추리닝을 입은 남자에게 달려들어 그의 몸을 두 조각으로 나누려고 했다.

"기다려! 너를 노리는 놈! 그놈이 누군지 알고 싶지 않아?"

"지랄. 지금 정신 빠진 놈한테……."

루시퍼는 그가 죽지 않기 위한 발버둥이라고 생각했다.

그런데 놀랍게도 추리닝 사내의 말을 알아들었는지 재오의 행동이 딱 멈추는 것이 아닌가?

"어라, 멈췄다? 무서운 녀석, 정신이 잃은 상태에서도 호랑이에 대한 본능이 남아 있다니!"

재오가 멈칫한 틈을 타 추리닝의 사내는 재오만 알아들을 수 있게 작게 속삭였고, 남자의 말을 들은 재오는 놀란 듯 온몸을 부르르 떨었다. 그사이 추리닝의 남자를 포함한 모든 조각이 도망쳤다.

그런데 조각들이 사라지자 잠시 멈추었던 재오의 발악이 다시 시작되었다.

"우왁! 갑자기 왜 또 그런데요?"

"잔말 말고 얼른 막아!"

루시퍼는 그들을 향해 고개를 돌린 재오를 향해 당구장을 밀쳤다.

"으악! 왜, 왜 날?" 그럼 내가 막으리? 그냥 머리 때려서 기절시켜!"

"지금 이성을 잃었다면서요! 그런데 머리를 때려서 어쩌라고요!"

"그럼 관절을 부러뜨리던가! 움직이지 못하게 하란 말이야!"

"아우 씨!"

"아! 나뭇가지는 버려! 네가 아는 걸 사용하라고!"

당구장은 그때까지 들고 있던 나뭇가지를 버리고 자신에게 날카로운 손톱을 뻗는 재오의 팔을 잡았다. 그리고 재빨리 몸을 움직여 발로 그의 목을 휘감고 어깨 관절을 뽑아버렸다.

재오는 극심한 고통에 몸부림치는 와중에도 남아 있는 한쪽 팔을 사용해 당구장의 다리를 잡았다. 그리고 사정없이 그녀의 몸을 땅바닥에 내다 꽂았다. 만약 당구장이 보통 사람의 몸이었다면 그녀는 온몸이 으스러져 죽었을 것이다.

하지만 지금 당구장은 기를 익혀 자신의 몸을 보호할 줄 알았기 때문에 커다란 충격만 받았을 뿐 몸은 으스러지지 않았고, 충격을 완화한 그녀는 재빨리 일어나 새오의 다리를 걸어 넘어뜨렸다.

그리고 또다시 재오의 다리를 잡아 무릎 관절을 완전히 박살 내버렸다.

또다시 극심한 고통을 받은 재오가 몸부림쳤지만, 그는 여전히 당구장을 잡기 위해 한쪽 팔을 허우적거렸다. 하지만 어느 정도의 피해를 입은 듯 팔의 허우적거림이 전보다 느려졌다.

당구장은 그의 목을 잡아 땅으로 내다 꽂으며 짜증난다는 듯 외쳤다.

"아, 진짜! 잠들던가 제정신으로 되돌아오라고요!!"

당구장은 그를 내다 꽂을 때 목부터 떨어지게 해서 목뼈를 완전히 부러뜨릴까 궁리했지만 목뼈가 부러지면 정말 죽을 것 같아 생각을 바꿔 등부터 떨어지게 했다.

다만 강한 충격을 주기 위해 재오를 내다 꽂을 때 허공으로 뛰어올랐고, 체중을 실어 내다 꽂는 동시에 복부에 가격을 했다. 그녀의 생각이 먹혀들었는지 상당한 충격을 받은 재오는 일어나질 못했다.

당구장이 그에게 가한 충격도 충격이지만, 그녀가 자신

이 사용할 수 있는 기를 모두 총동원했기에 재오가 받은 타격은 상당했다. 아니, 보통의 사람이라면 그녀가 기를 사용하지 않고 내다 꽂는 것만으로도 충분히 목숨을 잃을 정도였으니까.

재오가 움직이지 않고 있으니 슬금슬금 루시퍼가 당구장의 곁으로 다가왔다. 이성을 잃은 재오를 상대하느라 당구장 역시 모든 기력을 쏟아낸 탓에 바닥에 주저앉아 쉬고 있던 중이었다.

"헉헉… 재오 씨, 설마 죽은 건 아니죠?"

"안 죽었어. 배가 움직이고 있잖아. 근데 너 진짜 관절 부러뜨리더라? 나중에 재오가 뭐라고 안 하려나?"

"루시퍼 씨가 시켰잖아요!!"

"그대로 할 줄은 몰랐지."

"그럼 어떡해요! 딱히 떠오르는 게 없는데."

"넌 다른 건 몰라도 시키는 일은 잘하는구나? 딱 어쌔신이야. 넌 죽어도 지금 네가 하는 직업에서 벗어날 순 없을 것 같다."

"우씨! 병 주고 약 주고 있어! 아니, 첨부터 병만 줬지!"

"너는 시키는 것만 할 줄 알고, 루시퍼 녀석은 시킬 줄만 알고. 그런데 문제는 루시퍼 네가 머리가 나쁘다는 거지."

"어?"

희미한 재오의 목소리가 들렸다. 정신을 차렸지만 움직일 수 없었는지 그대로 바닥에 누워 겨우 소리만 내고 있었다.

"정신 들었어요?"

"아파…… . 무진장 아파……."

"아, 미, 미안해요. 재오 씨가 미쳐 날뛰는 바람에 어쩔 수 없이……."

"알아. 대충 기억나."

당구장이 그의 몸을 일으켜 세우자 재오는 통증을 느낀 듯 피를 쿨럭 토한다. 당구장은 미안해 어쩔 줄 몰라 했지만 루시퍼는 코웃음을 쳤다.

"엄살떨지 말고, 알아서 치료해."

"나 치료할 줄 몰라."

"에이, 진짜. 그냥 마나를 모아서 아픈 곳으로 보내. 아님 마법을 사용하던가."

"그런데 재오 씨, 그 추리닝의 남자가 뭐라고 했어요?"

"……."

재오는 아무런 말이 없었다. 하지만 심한 충격을 받은 듯 멍한 얼굴로 허공을 바라봤다. 대신 재오는 루시퍼에게 말을 돌렸다.

"왜 그들을 보내준 건데?"

"왜긴, 지금 여기서 그들을 잡을 수 있는 사람은 아무도 없으니까 그런 거지. 오히려 그들이 순순히 물러간 게 다행이라고."

"그러고 보니 넌 처음부터 조각들을 찾을 생각을 안 했어. 왜 그런 거지?"

재오의 목소리는 유달리 힘이 없었다. 하지만 루시퍼에게 그런 질문을 하는 것이 마치 루시퍼에게 모든 책임을 추궁하려는 것만 같았다. 내색은 하지 않았지만 무언가를 크게 상실한 사람 같았다.

"얘가 갑자기 왜 이래? 조각들이 아무리 힘을 키워봤자 그들은 내 몸의 일부일 뿐이야. 때가 되면 알아서 나한테 올 텐데 내가 왜 그들에게 신경을 쓰냐고."

"때가 된다……?"

"더 이상은 나도 못 알려줘. 계약 위반이야."

"계약자의 이름으로 말한다. 모든 것을 말하라."

"흥! 지금 이 상태는 계약이 중단된 상태야. 모르냐, 이 밥탱아? 내 힘이 너에게 간 순간 모든 계약이 일시 멈춤 상태란 말야."

"……."

재오는 더 이상 아무것도 묻지 않았다. 그리고 자신의 몸을 치료할 생각도 하시 않았나.

　그저 멍하니 허공을 바라보기만 했다. 당구장의 부축을
받아 몸을 일으킨 그는 몸이 둘로 나뉜 청년의 조각을 회수
하려 했지만, 다른 조각들이 가져갔는지 청년의 몸속엔 조
각이 있질 않았다.

Chapter
09

조
짐

　재오가 루시퍼와 당구장을 데리고 집으로 텔레포트하자, 그곳엔 반가운 얼굴이 기다리고 있었다.

　"한재오! 이당구장아! 흑흑흑!"

　그들을 보자마자 엉엉 울음을 터뜨리는 유인영. 재오가 심하게 다쳤다는 것을 그녀가 안 건 한참이 지나서였다. 그간의 사정을 주고받은 인영은 볼멘소리로 루시퍼를 바라보며 투덜거린다.

　"왜 말을 안 했냐고. 내가 잡혀 있다는 걸."

　"그럴 상황이 아니었다니까 그러네. 암튼 잘됐네. 재오 동생이 활약을 한 덕에 무사히 풀려났잖아."

"우씨. 암튼 손의 때만큼도 쓸모없는 녀석!"

"그런데 조각을 빼냈는데 그 기운이 네 몸속에 남아 있다니, 그건 무슨 소리야?"

재오가 심각한 표정으로 물었지만 인영은 그저 모른다는 표정만 지을 뿐이다. 시선은 자연스레 루시퍼에게 옮겨졌지만 루시퍼는 인상을 구기며 짜증을 내었다.

"난 몰라! 지금 재오에게 모든 힘을 갈취당한 상태라고! 나도 알고 싶지만 알 방법이 없단 말이야!"

"힘은? 기운을 느낀다면 그 기운을 사용할 수 있어?"

"나도 해봤는데, 조각의 힘은 사용 못해. 그러니까 지금까지 늑대인간에게 붙잡혀 있었지."

재오는 집에 돌아온 이후 마법을 사용해 계속 치료를 하고 있는 중이었다. 하지만 거실 소파에서 몸을 간신히 일으킬 수만 있을 뿐 아직까지도 혼자 움직이지는 못하고 있었다.

"그럼 재오에게 간 힘은 어떻게 해야 루시퍼에게 되돌릴 수 있는데?"

"잠깐! 나한테 묻지 마. 나는 그 방법도 모르고, 안다 해도 당분간은 인간의 몸을 갖는 걸 즐기고 싶어."

"응?"

질문을 한 인영이 의외라는 듯 루시퍼를 보았다.

"정확한 기간은 기억 안 나지만, 그곳에 갇혀 있던 것만 해도 몇 억 년이야. 내가 왜 그곳에 들어가 있었는지도 생각이 안 나는 지경이라고. 그러니까 좀 즐기자. 응?"

"아니… 네가 인간의 모습인 건 상관없는데… 설마 그 힘 때문에 마검 속으로 들어간 건가?"

"아, 몰라! 나한테 지금 오래전 일은 묻지 마!! That was so long ago I can't remember!!"

루시퍼는 발악을 하며 영어로 외치며 밖으로 뛰어나갔다. 모두들 놀라 그녀를 바라보았는데, 그녀가 영어를 했다는 것에 놀라고 있었다.

"뭐야, 저 영어는?"

"어울리지 않게 웬 영어?"

"영화 카사블랑카 대사야. 하도 재밌어하기에 영문을 알려주며 놀렸는데, 아직도 기억하고 있군."

"의외네요. 루시퍼 씨가 그런 구식 영화를 좋아할 줄은."

"암튼 재오 넌 앞으로 어떻게 할 거야?"

"I never make plans that far ahead."

하고 내뱉은 재오는 소파에 누워 쿠션으로 얼굴을 가렸다. 재오의 말을 알아들은 당구장은 고개를 끄덕였지만, 영어를 모르는 인영은 벌떡 일어나며 소리쳤다.

"영어 쓰지 마! 저도 영어 못하면서!! 왜 못 알아듣게 영어질이야!"

인영이 버럭 소리치는데 루시퍼가 세준과 함께 들어왔다.

"웬일이에요? 일 있다고 갔잖아요?"

"알아낸 정보가 있어서."

정보란 말에 재오가 가렸던 쿠션을 치웠다.

"뭔데?"

"나가죠."

세준은 재오가 다친 것을 모르고 있다. 세준의 말에 인영과 당구장에게 나가란 눈치를 주는 재오. 그의 눈짓에 그녀들은 투덜거리며 루시퍼를 데리고 밖으로 나왔다.

"내가 좀 다쳤어. 겨우 몸을 일으키는 게 다야."

"무엇을 했기에 그사이에 심하게 다쳤어요?"

"아무튼 무슨 정보?"

"그런데 이상하네요. 다쳐서 그런가? 왜 그렇게 기운이 없어요?"

"아냐, 아무것도. 정보나 말해봐."

유난히 힘이 없는 재오의 행동에 세준 역시 의문을 나타냈지만 재오의 요구에 얇은 서류철을 그에게 내밀었다.

"응? 이들은?"

서류의 내용을 본 재오의 눈빛이 반짝였다. 그 안에 있는 것은 바로 조각들의 신상명세서였다.

"우연찮게 알아냈어요. 이들 국정원과 연결되어 있더라고요."

그렇지 않아도 재오는 세준에게 조각들에 대해 알아보라고 말하려 했다. 그가 아놀드 레이에게 죽기 전 아놀드 레이는 조각과의 연관성을 그에게 암시한 바 있다. 그런데 갑작스럽게 그들의 신상명세서를 보니 조금 의아한 생각이 들었다. 그전에도 재오는 세준에게 조각들에 대한 것을 알아보라고 한 적이 있다. 그런데 그때는 아무것도 찾지 못하더니…….

"운이 좋았죠. 설마 국정원에서 이들을 조사하고 있을 줄은."

"국정원이 왜?"

"정확한 건 모르겠는데, 그들의 제거 리스트에 올라 있더군요."

"아니, 넌 어떻게 국정원의 제거 리스트에서 이들을 찾을 수 있었는데?"

"우리에게 의뢰를 했어요. 제거해 달라고."

"의뢰?"

조각들에게 신비한 힘이 있다는 것은 국정원 사람들도 알고 있다고 했다. 자세하게는 알려주지 않았으나, 그들이

분명 국가의 안보에 위험이 될 만한 짓을 저질렀지만 국정
원의 힘으로는 그들을 어찌할 수 없기에 고민 중이라는 것
이다. 만약 세준의 PMC 기업이 예전처럼 국가에 속한 기관
이었다면 무조건 없애라는 명령을 내렸겠지만, 지금은 상
황이 달라졌기에 정식으로 세준의 기업에 의뢰했다는 것이
다. 물론 이 일은 일급비밀에 속했다.

"그래서 수락한 건가?"

"우선은 정확한 이유를 알려달라고 했어요. 이 사람들,
형님이 말했던 그 조각 맞죠? 이상한 힘을 쓰는 사람들은
조각밖에 없잖아요."

세준의 질문에 재오는 대답 대신 20대 청년의 서류를 찢
어버렸다.

"우선 이 녀석은 죽었어."

"어?"

"장소는 창덕궁 후원의 오솔길. 며칠 지나서 그곳을 조사
해 보면 둘로 찢긴 이놈의 시신을 찾을 수 있을 거야."

"설마 그 상처, 그래서 그런 거예요?"

"다 필요 없고, 이들이 어떻게 그들과 관계되어 있는지
확실히 알아봐. 정확한 이유를 말해주지 않으면 움직이지
않겠다고."

침울히 말하는 재오의 행동에 세준은 이상함을 느꼈지만

그는 묻지 않았다. 세준이 집을 나서기 위해 소파에서 일어서려 하자, 재오가 멍한 표정으로 물었다.

"세준아."

"네?"

"호랑이… 알아냈냐?"

"아직요. 신양물산에 사람을 넣어놨지만, 쉽진 않네요."

재오는 그 호랑이가 누군지 이미 알고 있었다. 정신을 잃었다지만, 그때 추리닝의 남자가 말했던 세 음절의 단어는 정확히 기억하고 있었다. 그리고 그 단어가 주는 충격으로 재오는 지금껏 상실감에 젖어 있었던 것이다.

커다란 충격, 상실감…….

배신감이랄까?

그는 맘만 먹으면 세계를 모두 집어삼킬 수 있는 힘을 가지고 있었다. 그 힘은 그가 마법을 익힐 때부터 가지고 있었지만 틈만 나면 세계 정복을 하자는 루시퍼의 말에도 하지 않았던 것은 그는 사회적인 동물이었기 때문이다. 적어도 윤리를 알고 윤리대로 행하는, 큰 욕심 없이 자신의 일에 만족할 줄 아는 그러한 사회적 동물이었기 때문이다.

그런데 조각이 알려준 호랑이의 이름은 재오의 그러한 것들을 모두 무너지게 했다.

그래, 배신감이 맞을 것이다. 그런 윤리에 대한 배신.

재오는 차라리 다행이라고 생각했다. 세준이 아닌 조각들에게 그 이름을 듣게 된 것이.

그런데 호랑이가 왜 자신과 지원이를 노리는 것일까?

과연 그들이 사회 윤리를 위험하게 할 어떠한 짓이라도 했단 말인가?

최근 재오가 세계 정복을 꿈꾸긴 했지만, 그것은 윤리에서 벗어난 세계 정복은 아니었다.

적어도 국가의 틀 안에, 사회의 한 일원으로서 세계를 통일시키려 했던 것이다.

그런데……

재오는 알 수 없었다.

"너 왜 그러냐? 무슨 말을 들었기에 아직까지 멍한 상태야? 세준 씨 때문은 아닌 것 같은데? 세준 씨 간 지 벌써 한시간이나 지났어."

인영이 부엌에서 커다란 바가지를 가슴에 품고 와 재오의 옆에 앉았다. 그녀는 수저로 바가지 속에 있는 밥과 김치를 힘차게 섞은 후 쩝쩝 소리를 내면서 게걸스럽게 먹기 시작했다.

"창고 안에 갇혀 있었을 때 얼마나 밥이 그립던지. 나 말리지 마. 이거 다 먹고 죽으련다."

"……."

인영이 밥 먹는 모습을 밍히 보고 있던 새오는 루시퍼와 당구장이 없다는 것을 알아냈다.

"당구장과 루시퍼는?"

"둘 다 밖에. 루시퍼는 세상 구경한다고 나갔어. 당구장은 소리 없이 사라졌고. 근데 너 왜 그래? 조각이랑 싸웠다더니 걔네들에게 못 들을 소리라도 들었냐?"

인영은 세준을 오늘 처음 보는 것이다. 세준은 인영을 알고 있었으나, 그들은 언제나 밖에서 만났기에 인영은 세준을 알지 못했다.

"조금 충격적이네."

"비밀이냐?"

재오는 고개를 끄덕였다. 인영은 어떠한 상황에도 냉철한 그가 이런 모습을 보인다는 것은 엄청 큰일일 것이라 생각했다.

"뭘 해야 할지 방향 감각을 완전히 잃어버린 거 같아."

"하긴 뭘 해. 일단 몸부터 나아라."

"응?"

"건강한 육체에 건강한 정신이 깃든다는 말 못 들어봤냐? 일단 몸부터 낫고 생각해."

인영은 리모컨으로 텔레비전을 틀며 대충 대답했다. 그런 인영을 보고 피식 웃은 재오는 무어라 중얼거렸다.

"Orandum est ut sit mens sana in corpore sano."

"에?"

재오의 중얼거림에 인영이 뭐 씹은 표정으로 바라보았다.

"뭐야, 그건?"

"네가 한 말의 원문. 건강한 육체에 건전한 정신이 깃든다."

"아우, 씨! 나 내 방 가서 볼래! 영어 쓰지 말라니까! 그래, 너 유식하다!! 영어랑 담 쌓은 지가 언젠데……."

인영은 투덜거리면서 거실을 떴다.

비록 대충, 성의 없이 한 인영의 말이었지만 재오는 그녀의 말대로 몸부터 치료하기로 결정했다.

"그래, 하나씩 해결하자. 우선은 몸부터, 그담엔 조각, 그다음엔 호랑이. 이미 루시퍼의 힘은 나에게 왔다고 했으니 그가 무엇을 숨긴다 해도 날 막을 수는 없을 것이다. 그래, 우선 몸부터 치료하자."

그리고 재오는 정신을 집중시켜 마나를 끌어 모았다. 그리고 천천히 온몸에 마나를 흩어지게 해 조금씩 자신의 몸을 치료하기 시작했다.

*   *   *

그 시각 당구장은 태산파 건물 사무실에 앉아 있었다.

그리고 건물 입구에서 사무실까지 그녀가 움직인 동선을 따라 태산파의 조직원들이 쓰러져 있다. 사무실 회전의자에 앉은 있는 당구장은 손에 들린 목검을 신기한 듯 만지고 있었다.

"오, 신기한데? 시내 스포츠 용품점에서 산 흔한 목검인데. 오오오~ 진검을 구해볼까?"

그때 당구장 바로 앞에 널브러져 있던 조직원이 꿈틀거리며 몸을 움직였다. 그러자 당구장은 짧은 기합 소리를 내며 내려쳤고, 꿈틀거리던 조직원은 그대로 다시 의식을 잃고 쓰러졌다. 하지만 당구장의 목검은 조직원을 건드리지 않았고, 정확히 그 조직원의 머리 위 10cm 위에 떠 있었다. 조직원이 의식을 잃자 당구장은 다시 목검을 만지작거리며 콧노래를 흥얼거렸다.

"누군가 했더니 마법사 보스 오른팔이셨군. 하긴, 우리 애들을 이렇게 뻗게 만들 사람은 보스랑 당신밖에 없지, 당구장 누님."

"아, 오랜만이야, 강태산 보스."

"그런데 여긴 어쩐 일로 오셨소? 어차피 우린 한식구인데, 왜 우리 식구들을 이렇게 만드셨을까?"

사무실로 들어선 태산은 웃으며 말했지만, 그의 목소리 엔 날카롭게 날이 서 있었다.

"최근 내가 새로운 기술을 하나 배웠거든. 근데 배우긴 배웠는데 이게 좀처럼 익숙해지지 않더라고. 그래서 연습 도 할 겸 해서 놀러 와봤지."

"아, 그러시군~"

태산은 웃으며 말하는 당구장에게 역시 웃으며 대답했지 만, 이내 사나운 표정으로 변했다.

"지금 나를 놀리는 건가? 전국구 넘버원인 나 강태산을! 겨우 그딴 이유로 우리 애들을 이렇게 만들었다고?!"

"그 전국구, 나랑 우리 보스가 만들어줬다는 것을 명심 해."

"……."

강태산이 말없이 당구장을 노려보자 그녀는 목검으로 꼰 다리를 툭툭 치며 웃으며 말했다.

"요즘 류한철 검사가 참 심난해. 듣자 하니 뭘 한다는 소 문이 무성하더라?"

당구장의 말에 사나운 표정을 짓고 있던 강태산이 급격 하게 웃었다.

"하하하하!! 원래 검사 애들은 좀 심난하지요, 당구장 누 님. 그런데 그런 소식은 어떻게 알았을까?"

"한 가지 힌트를 줄까? 보스에게 서울 시내의 조직에 대한 정보를 준 건 바로 나야. 그래, 인정할게. 좀 알아보니까 너도 나름 굉장한 정보력을 가지고 있더라? 지방의 점조직이라고 하지만 나름 세력도 크고. 물론 내가 말하는 지방의 점조직이 뭔지는 잘 알겠지?"

"……."

"그리고 이건 개인적으로 하는 말이야. 난 네가 싫어. 보스의 명이 아니었다면 지금쯤 너랑 네 조직은 다 내 손에 죽었어."

"보스에게 감사해야겠군."

"그러던가. 아무튼 행동 조심해야 할 거야. 싫은 아이 떡 하나 더 준다고, 자꾸 떡 주려고 눈이 가네."

"영광이군요. 먹기 싫은 떡 먹게 생겼으니."

당구장은 자리에서 일어나 태산의 어깨를 툭툭 치고는 사무실을 빠져나가려 했다.

"아참, 또 한 가지. 우리 꽁무니는 이제 그만 쫓는 게 좋을 거야. 보스 이름이 '방향루'라는 것을 알아낸 것은 칭찬해 줄게. 하지만 거기까지야. 그 이상 네가 손을 댄다면 그땐 내가 새로 익힌 기술을 보여줄게."

강태산은 당구장이 사무실에서 나가자 책상을 치며 욕지거리를 내뱉었다 .

"제기랄! 저년이 어떻게 알았지? 류한철 검사에게 거짓 정보를 주고 있는 것과 비밀 세력을 만들었다는 것을! 젠장!"

그 이후로도 계속 욕지거리를 해댄 강태산이었지만, 한참이 지나자 표정을 바꿔 씨익 웃더니 코웃음을 쳤다.

"하지만 사람 잘못 봤지. 강태산이 그깟 협박에 무너질 놈은 아니거든. 크흑, 크하하하핫! 강태산이 텅 빈 사무실에서 크게 웃고 있을 때, 태산과 건물을 빠져나온 당구장은 크게 기지개를 켜고 있었다.

"속은 시원하다. 괜히 한재오에게 당한 거 이곳에 풀어서 미안하긴 하지만."

세준은 호랑이에 대한 정보를 가져오면서 강태산과 관련된 정보를 당구장에게 알려줬다. 한재오의 위조 신분을 알아낸 강태산이 거짓 정보를 류한철에게 뿌려 무언가 준비하고 있다고 말이다. 평소의 당구장이라면 그런 정보를 들었다고 해도 절대로 이곳에 오지 않았을 테지만, 재오에게 검술로 깨진 이후 옳다구나 생각하고 왔던 것이다.

기분도 풀 겸, 새로 익힌 검술도 연습할 겸.

"음, 근데 세준 선배 말로는 워낙에 능구렁이 같은 녀석이라 했는데, 순순히 경고가 먹힐까? 에이, 몰라! 한재온데, 뭘. 알아서 해결하겠지."

당구장은 혹시라도 있을 태산의 추적을 대비하며 집으로 향했다.

그녀가 인영의 신당까지 절반 정도 왔을 때다. 갑자기 환했던 주변이 어두워지며 움직이던 모든 것이 멈췄다.

"뭐, 뭐지? 갑자기 왜 이런 거야?"

그녀는 자신의 흔적을 지우기 위해 지하철을 갈아타는 중이었다. 그녀가 있던 플랫폼에 들어서던 지하철이 멈췄다. 줄을 서기 위해 뛰어오던 사람들의 걸음도 멈췄다. 소리도, 시간도 모든 것이 멈춰 버렸다. 움직이는 건 단 한 명, 그녀 자신밖에 없었다.

갑작스런 상황에 공포를 느낀 당구장은 황급히 지하철을 나와 시내 거리로 나왔다. 하지만 그곳 역시 마찬가지였다. 거리를 오가는 자동차도, 사람들도…….

당구장은 집을 향해 뛰기 시작했다.

한재오 이 자식! 대체 무슨 짓을 한 거야!

모든 일의 원흉은 한재오이다. 이런 일을 할 수 있는 사람은 그밖에 없다는 것을 그녀는 뒤늦게 깨달은 것이다.

Chapter
10

또
다
른
계
약

재오는 마나를 모으고 있었다.

마나를 모아 그 마나로 자신의 몸을 치료하고 있었다. 이미 그는 강대한 힘을 얻었기에 마법사들의 '힐링'이란 번거로운 마법을 할 필요도 없었다. 마나를 모아 그의 몸에 순환시키는 것만으로도 그의 부서졌던 관절은 다시 원상복구가 되고 있었다. 약간의 시간이 걸려 그의 몸이 완전히 치유됐을 때, 그는 자신이 캄캄한 어둠 속에 있다는 것을 깨달았다.

"뭐야, 이건?"

한 치 앞도 알 수 없는 어둠. 갑작스런 상황에 당황해하고 있으려니 어둠 속에서 작은 울림이 들렸다.

[미안하네. 빛의 신 녀석이 오자마자 자네를 소멸시키려 해서 말이야.]

"……?"

처음 듣는 목소리다. 남자도 여자도 아닌, 성별을 알 수 없는 목소리. 이 세상의 것인지도 구분할 수 없는 목소리다.

"너는 누구냐?!"

[나는 어둠일세. 사람들은 나를 그렇게 부르더군.]

"어둠?"

목소리의 말에 재오는 루시퍼가 생각났다. 카오스, 혼란, 우주의 생성, 기타 어쩌고저쩌고.

그가 고개를 갸우뚱하자 그의 생각을 알았다는 듯 목소리가 껄껄거리며 웃었다.

[오해는 말게. 내 속성이 어둠일 뿐 절대 악은 아니니까. 루시퍼 녀석은, 그 녀석은 원래 성격이 단순해서 그렇지 그 애도 '악'은 아니라네.]

루시퍼를 아는 것으로 보아 재오는 그가 신이라고 확신했다.

근데 왜 갑자기 신이 나와?

하긴 생각해 보니 루시퍼는 암시를 한 듯했다. 곧 그 녀석이 올 거라고 몇 번이나 혼잣말을 하던 것을 얼핏 들은 것을 재오는 기억해 냈다.

좋아, 어둠이 그 녀석이라고 치고.

"왜 이곳에 나타난 것입니까? 이렇게 예고도 없이 불쑥."

[미안하네. 원래 신은 인간의 일에 개입하지 않는 게 원칙이지만… 루시퍼 녀석이 워낙 일을 뒤죽박죽 만들어 놔서 말이지. 걷잡을 수 없을 정도로 계약을 엉클어놨어.]

"……?"

또 계약이다. 계약, 계약!

"그 계약이라는 거, 대체 뭡니까?"

[…그건 말할 수 없네. 당사자에게 직접 물어보게나. 하지만 당사자도 자네에게 말해주진 않을 걸세. 그것 역시 계약에 포함되거든.]

재오는 어둠의 말에 짜증이 났다.

"제기랄! 그렇담 당장 사라지십시오! 나와 루시퍼의 계약입니다! 당신이 나설 명분이 없다면 당장 사라지라고요!"

[…….]

"어둠에게 뭐라고 하지 마. 그는 그저 방관자일 뿐이니까."

짜증을 내고 있는 재오의 앞에 루시퍼의 목소리가 들렸

다. 하지만 너무나 어두웠던 탓에 그의 모습을 볼 수 없었다. 그저 목소리로 그가 어디에 있는지를 대략 파악할 뿐이었다.

"루시퍼, 어둠이 네가 기다리던 그 녀석이냐?"

"설마! 어둠은 널 보호하기 위해 이곳에 나타났을 뿐이야. 그 녀석은 널 없애기 위해 밖에서 바둥거리고 있다고. 놈은 이 모든 사건의 원흉이 너라고 생각하고 널 없애려고 하거든."

"······?"

그때 잠잠했던 어둠의 목소리가 다시 들렸다.

[빛이 승낙했네. 절대 자네를 건드리지 않겠다는군.]

그리고 말이 끝나기가 무섭게 환한 빛이 주변을 비췄다.

주변이 갑작스럽게 밝아지자 재오는 두 눈을 가렸다. 천천히 팔을 내리자, 그는 자신이 어디에 있는지 비로소 깨달을 수 있었는데, 재오의 지식으로는 그곳이 우주라고 결론지을 수밖에 없었다.

어두운 공간에 사방이 반짝이는 물체들로 이뤄진 공간, 게다가 과학 다큐멘터리 프로그램에서 볼 수 있는 커다란 태양과 그 주위를 도는 작고 푸른 별.

하지만 재오는 놀라지 않았다.

'제기랄, 루시퍼에 어둠의 신, 빛의 신까지 오는 판국에

이런 게 뭐가 놀랍다고.'

—이 녀석이 한재오인가? 루시퍼의 새로운 계약자!

재오와 거리를 두고 떨어져 있는 환한 빛의 덩어리에서 싸늘한 목소리가 들렸다. 빛이라면 선(善)에 해당되는 터이지만, 재오를 향한 빛의 목소리엔 상당한 적개심이 드러나 있다. 그 적개심을 느낀 재오는 상당히 불쾌해져 반말을 사용했다.

"너는 누군데?"

—무엄하다. 감히 빛의 신이자 이 우주를 탄생시킨 절대자에게 반말이라니!

"까고 있네. 내 알 바 아니고, 찾아온 용건이나 말해. 아님 꺼지든가."

재오를 바라보고 있는 빛이 출렁거렸지만 재오에게 다가오지는 않았다. 빛의 주위로 어두운 안개가 깔린 것으로 보아 어둠이란 신이 막고 있는 듯했다.

우주를 탄생시킨 절대자라더니 어둠에겐 꼼짝 못하잖아?

—너 때문에 계약이 중지되었다. 그 책임을 물어 너를 죽이는 것이 내 용건이다.

"아주 지랄을 해라. 네가 뭔데 나와 루시퍼의 계약 책임을 물어?"

—그 계약은 너를 위한 게 아니다. 나와 루시퍼를 위한

계약이다.

"그럼 처음부터 제삼자는 끼어들지 않게 하던가! 왜 그 계약에 인간을 끼어들게 해서 이런 고생을 시키는데? 내 책임을 물기 전에 네 책임부터 물어서 너부터 죽어라."

—…….

재오의 말에 빛은 아까보다 더 심하게 요동쳤다. 그의 요동과 함께 킥킥거리는 소리가 들렸는데, 루시퍼와 분명히 빛을 말리고 있는 어둠의 목소리였다. 루시퍼는 재오의 뒤에서 그를 방패 삼아 자신이 웃고 있는 것을 숨기고 있었다.

—인간, 뒈질래?

고상하기를 포기한 빛이 성질을 한껏 드러낸 목소리로 재오에게 소리쳤다.

"그럼 죽이던가. 그전에 너 먼저 뒈지고 죽여라. 알지, 계약의 책임?"

순간 빛은 인간의 형태로 변하더니 재오에게 다가와 멱살을 잡고 뒤흔들었다. 빛이 변한 인간은 20대 후반의 아리따운 여성이었다. 재오는 짜증이 가득 찬 표정으로 그녀를 자신에게서 밀치며 나직이 뇌까렸다.

"이것들이 여자의 몸으로 하면 다 되는 줄 아나. 이거 봐, 이것아!"

[푸흡, 그건 내가 그렇게 변하는 걸 허락했다네. 무슨 일이 있어도 자네에게 피해를 입혀선 안 되거든. 여자의 몸이라면 자네에게 피해를 줄 순 없겠지. 마력까지 봉인당한 상태이니. 푸흡]

어둠이 웃음을 참고 말하자, 재오는 어둠에게도 짜증이 났다.

"당신은 왜 웃습니까? 나는 이 상황이 지랄 같은데!"

[아, 미안하네. 내가 빛과 함께 오랜 세월을 살아왔지만, 빛을 이렇게 대한 건 자네가 처음이라네. 더구나 그 계약 건으로 말이지. 푸흡.]

"방관자 어둠이여, 지금껏 수억의 시간을 방관만 했던 그대가 왜 이 인간의 일엔 끼어드는가! 지금까지 자네가 했던 것처럼 방관만 하게!"

재오에게 밀쳐진 빛은 어둠의 행동이 맘에 안 드는 듯 소리쳤다. 하지만 어둠은 곧바로 맞받아쳤다.

[재미있지 않은가? 자네의 계약이 이렇게 틀어질 줄 누가 예상이나 했겠나? 천둥벌거숭이인 저 루시퍼를 옭아매기 위한 계약이었는데. 지금껏 모든 인간은 자네의 예상대로 행동했지만 저 인간은 아닐세. 궁금해지는군, 한재오란 인간은 어떠한 결과를 이끌어낼지.]

"지금까지 저 인간과의 계약은 모두 무효로 한다! 루시퍼의 힘이 한재오로 가는 건 계약서엔 없는 내용이다. 그러니 모든 것이 무효! 다시 원점으로 되돌려 계약을 시행할 것이다!"

빛의 신은 넘어진 몸을 일으키며 외쳤지만, 재오가 욕설을 섞여가며 대꾸했다.

"까고 있네. 누구 맘대로?"

"계약은 나와 루시퍼의 계약을 우선시한다. 일차적으로 나와 루시퍼의 계약 안에 너와의 계약이 진행된다. 일차 계약자의 권한으로 한재오와의 계약을 무효로 한다!"

계약하는 갑과 을 사이에는 둘 사이의 계약을 진행하고 보증하는 공증인을 필요로 한다. 재오는 빛과 루시퍼가 계약자라면 과연 그 둘의 계약을 진행하는 공증인은 누구일까 생각해 보았다. 하지만 그 의문은 바로 풀렸는데, 빛의 신의 말에 어둠이 대답했기 때문이다.

[빛, 너의 요구는⋯ 들어줄 수 없다.]

"그게 무슨 소리냐?"

[루시퍼의 힘이 한재오에게로 넘어간 이상, 한재오는 루시퍼와 동일시된다. 그것은 너와의 계약에 기재되어 있는 상황일 터. 너의 조항을 보면 '인간이 영혼을 잃게 되면 루시퍼는 그 영혼을 잃은 인간의 몸을 자신의 것으로 사용할 수 있고, 그 인간이 된다'는 항목이 있다. 이 항목을 바꿔

말하면 인간 역시 루시퍼가 될 수 있다는 것. 루시퍼의 영혼은 검에서 나와 인간이 되었고, 루시퍼가 들어 있던 검은 한재오의 몸속에 아직 남아 있으니 한재오가 루시퍼인 것이다. 그러므로 빛의 요구는 들어줄 수 없다!]

"그런 억지가!"

[억지는 아니네. 신인 루시퍼가 인간이 되는 계약인데, 그 계약을 반대로 하면 인간이 신이 될 수도 있다는 계약 아닌가? 다만 이런 경우가 지금까지 없었던 것일 뿐이지.]

어둠의 말에 빛은 반박을 하지 못했다.

재오는 '루시퍼가 인간이 되는 계약'이라는 것을 주목했다. 왠지 감이 잡힐 듯한 문맥이다.

"하지만 루시퍼의 힘이 한재오에게 간 건 일시적인 것일 뿐이야!"

[일시적인 것이긴 하지만, 어쨌든 지금은 아니지 않나.]

재오는 재빠르게 머리를 굴렸다. 일시적이란 것은 앞으로 곧 자신의 권한이 사라진다는 의미다. 만약 사라지게 된다면 분명 빛은 자신을 없애려 할 것이다.

"그럼 계약자의 입장에서 요구하겠습니다. 이제부터는 빛의 권한을 나의 계약에서 빼주십시오."

"그게 무슨 소린가?"

빛이 놀라 되물었다.

"일차적이든 이차적이든 빛은 인간과 루시퍼와의 계약에 참여할 수 없습니다. 인간은 빛과 루시퍼의 노리개가 아니니까요."

"빙고! 잘한다, 한재오."

재오가 생각하기엔 분명 빛이 갑(甲)이고 루시퍼가 을(乙)이었다. 루시퍼와 한재오의 관계를 생각하자면 적어도 아직까지는 한재오가 갑(甲)이다. 물론 계약 내용을 확실히 모르는 이상 자신이 갑(甲)인지는 알 수 없지만 말이다. 재오는 빛과 루시퍼의 관계에서도 자신이 갑(甲)을 차지해야 한다고 생각했다.

[그건 들어줄 수 없다. 빛은 그 요구를 허락하지 않을 것이 뻔하며, 그가 허락한다고 해도 지금의 너에겐 그런 요구 권한이 없다.]

재오는 속으로 욕지거리를 내뱉었다. 그 계약 내용을 먼저 알지 못하고선 제대로 된 대응을 세울 수 없다는 것을 깨달았다.

"그럼 그 계약 내용을 알려주십시오."

[그것 역시 들어줄 수 없다. 그건 처음부터 인간에게 알려줄 수 없도록 계약되어졌다. 혹시 네가 스스로 알아낸다면 모를까.]

"……."

머리를 굴리던 재오는 도박 아닌 도박을 하기로 생각했다.

과연 이것이 먹혀들지 모르겠지만…….

"그럼 인간과 루시퍼와의 계약에서 인간이 이기든 루시퍼가 이기든 어떠한 결과가 나와도 절대 빛의 신이 관여하지 않도록 해주십시오. 아까도 말했듯이 인간은 신의 노리개가 아닙니다."

[그건 수락하겠다.]

"어둠이여!!"

반박을 하기 위해 빛이 소리쳤지만 어둠이 태연하게 대꾸한다.

[이미 자네는 오래전에 인간을 놓지 않았나? 분명 나에게 관심이 없다고 했어. 그들이 어떻게 살아도 신의 영역엔 도달하지 않을 거라면서 말이야. 그 이후 자네는 나의 끝에 이르겠다고 내 구석구석을 돌아다니며 별만 만들고 있지 않은가?]

"하지만 그건!"

"인간의 운명은 신에 의해 좌우될 수 없습니다."

[하지만 인간이여, 신은 처음부터 인간들의 운명을 정하지는 않았네. 적어도 인간을 만든 처음부터 그랬네. 하지만 언제부턴가 인간은 스스로의 운명을 만들어 그 운명 속에

서 살아가기 시작하더군.]

"······."

어둠의 말에 재오는 할 말이 없었다. 아니, 어둠의 말이
진실인지 알 수 없었기에 굳이 변명을 하지 않은 것이다.

"인정 못한다! 우주와 우주에 속한 인간을 만든 건 바로
나다! 오래전부터 인간의 운명에는 관여하지 않았지만, 신
에게 피해가 되는 인간이 있는데도 신이 관여할 수 없다는
건 있을 수 없는 일이다!"

빛은 강하게 반박하고 나섰다. 그러자 그때까지 조용히
지켜보고 있던 루시퍼가 끼어들더니 콧방귀를 뀌었다.

"까고 있네. 우주를 네가 만들긴 했지만 어차피 너도 어
둠에서 나왔잖아? 근데 어디서 절대자 흉내냐? 까라면 까,
인마. 대어른이신 어둠께서 말하시는데."

"야, 루시퍼, 그게 무슨 소리야?"

재오는 루시퍼의 귀에 대고 그가 한 말의 의미를 물었다.

[그건 내가 이야기해 주지.]

"어둠이여! 태초의 비밀을 이야기하는 건 규칙에 어긋납
니다!"

[괜찮네. 자네는 내 곳곳에 별을 만드느라 모를 수도 있
지만, 인간들은 꽤나 발전을 해서 태초의 신비에 가깝게 이
르렀다네. 그들이 알고 있는 수준만큼만 알려주면 되네.]

빛은 더 이상 어둠의 말에 반박하지 못했다.

[나는 태초부터 있어온 존재라네. 내가 어떻게 태어났고 얼마 동안 존재해 왔는지는 나 역시 알지 못한다네. 내가 기억하는 순간부터 나는 어둠이고 혼자였다네.]

재오는 눈살을 찌푸렸다. 어디서 많이 듣던 이야기인데?

[그렇게 한참을 있으려니 내 몸 어디선가 빛이 태어나더군. 그땐 빛 혼자였다네. 그는 무척 심심했던지 내 몸 안에 있는 것들을 조합해서 새로운 것들을 만들어냈네. 그게 바로 신들이지. 그러다 그는 우주를 만들고, 별을 만들고, 인간들을 만들었네. 그러다 싫증을 느꼈는지 어느 날 갑자기 선언하더군. 나를 뛰어넘겠다고 말이야. 그러더니 내 몸 곳곳에 별을 만들고 돌아다니고 있네. 루시퍼는 빛 녀석이 신들을 만들 때 내가 직접 만든 녀석이라네. 하지만 나는 뭔가 부족한 것인지 만들고 나니 빛이 만든 신들과 다르다는 것을 느꼈지.]

"나와 어둠이 빛을 '녀석' 이라 부를 수 있는 유일한 존재지."

루시퍼가 귓속말로 덧붙였다. 하지만 재오는 황당함에 아무런 말도 할 수 없었다.

어둠이 한 소리는 어디선가 익히 들은 이야기인데, 어느 나라의 신화와 현대 과학을 적절히 합한 결과물처럼 들렸기 때문이다. 재오는 그저 간단하게 대답했다.

"어, 그래."

"어쨌든 난 인정 못합니다!"

빛이 억지를 부렸다. 적어도 재오의 눈엔 그렇게 보였다.

"그럼 직접 몸을 뛰어서 이 계약을 체험해 보시던가요. 한낱 신의 몸으로 감당하지도 못할 거 말은 많네요."

"너 지금 뭐라 지껄였나?"

"별만 만들어서 인간의 비꼬는 말은 모르나 보지? 계급장 떼고 붙자고! 병신 같이 뒤에서 씨부렁거리지 말고!"

빛은 게거품을 물더니 재오에게 달려들었다.

"그래! 계급장 떼, 이 자식아! 아주 영혼을 소멸시켜 버릴 테니까!"

"분명 계급장 뗀다고 말했다?"

"그래, 이 자식아! 어쩔래!"

[인정한다. 지금부터 빛은 인간의 몸으로 재오와의 계약을 시행한다. 계약은 어떻게 집행할 것인가?]

"어?"

어둠이 선언하자 그제야 자신이 한 말의 의미를 깨달은 빛이 멍한 표정이 되었다.

하지만 재오는 그 기회를 놓치지 않았다.

"나와 루시퍼의 계약 내용이랑 똑같이 하기를 원합니다.

나는 루시퍼의 조항을, 빛의 신은 인간의 조항을 지켜야 할 것입니다."

[어떤가, 빛? 자네도 인정하는가?]

빛은 멍한 표정을 지을 뿐 어떠한 말도 하지 못했다. 패닉 상태에 빠진 듯 어둠과 재오를 번갈아 볼 뿐이다. 그의 상황을 루시퍼가 몰래 재오의 귓가에 말해준다.

"큭큭, 어둠은 지금껏 방관만 해왔던지라 실질적인 절대자는 빛이야. 지금 이 일은 모든 신이 지켜보고 있다고. 절대자로서 자신이 내뱉은 말을 번복한다면 체면이 말이 아니거든. 큭큭큭."

[인정하는 건가, 빛의 신이여?]

어둠이 재차 물었다. 재오는 어둠이란 최고의 권력자가 방관자라는 것이 무척 다행으로 여겨졌다. 어둠의 말에 빛은 황급히 정신을 차리고 재오의 말을 수정했다.

"아, 아니, 내가 루시퍼의 역할을, 아니, 그게…….."

재오는 속으로 빙고를 외쳤다. 빛의 반응으로 보아 빛이 갑이 되던 을이 되던 절대로 신에게 유리한 계약은 아니라는 것을 확인할 수 있었다.

대체 그런 계약을 루시퍼는 왜 했던 거지?

"그럼 빛의 신은 신으로서의 힘을 모조리 상실해야 합니다. 계약을 하겠다고 선언한 이상, 그는 인간의 몸으로 인간의 운명을 감당해야 합니다."

"내가 왜 그래야 하는데?"

"하기 싫으면 조용히 찌그러져 있던가. 절대자 주제에 어디서 나대?"

재오의 등에서 또다시 루시퍼의 웃음 참는 소리가 들렸다. 재오의 말에 곤란하다는 듯 고민하는 어둠의 목소리가 들렸다. 적어도 어둠은 중립인 건 확실했다.

[음, 애매하군. 애초에 루시퍼와의 계약도 오랜 시간 끝에 이뤄진 건데. 이렇게 급작스럽게는 빛과 인간의 계약을 만들기가 어렵군.]

"그럼 우선 저의 요구를 들어주되 그때그때의 상황 판단은 어둠 당신과 이곳의 일을 듣고 있는 여러 신의 의견을 통합해 판단하기로 하죠."

[그 말인즉슨, 모든 권한을 나와 다른 신들에게 맡긴다는 건가?]

재오는 고개를 끄덕였지만 신은 눈이 뒤집어졌다.

[빛, 자네는 어쩔 것인가?]

"시, 시간을 주세요. 생각하고 결정할 시간을."

[받아들이겠네.]

신의 시간으로 수억 년의 시간이 걸렸다고 루시퍼가 말했지만, 재오가 느낀 건 일 초의 흐름이었다. 패닉 상태에 빠졌던 빛의 신 목소리가 원래의 도도하고 싸가지 없는 목소리로 되돌아와 있었다.

"좋습니다. 한재오란 인간의 조건, 수락하겠습니다. 다만 조건이 있습니다."

[뭔가?]

"한재오의 모든 기억을 지우고 내가 처음 만든 행성에서 이 모든 일을 시작하겠습니다."

"당연히 인정 못하죠. 기억을 지운다니, 게다가 지구를 벗어난 다른 행성이라니. 안 봐도 뻔합니다."

그 이후로 재오와 빛의 신에 대한 계속된 논의가 이어졌다. 그러던 중 재오는 잠에서 깨고 말았다.

잠에서 깬 재오는 식은땀을 흘리고 있었다. 그는 거실 소파에 누워 있었는데, 치료를 하다 잠이 든 모양이다. 그의 몸은 완치된 상태였고, 자유롭게 가눌 수 있었다. 소파에서 일어난 재오는 땀을 닦고 자신이 꾼 꿈을 생각해 보았다. 아니, 꿈이라고 하기엔 너무나 생생했다. 어둠과 빛, 그리고 빛과의 계약. 분명 중간까지 기억이 났다. 빛의 조건에 제재를 건 재오는 빛과의 합의점을 찾기 위해 긴 시간을 가졌고, 또다시 빛과 계약 내용에 대해 씨름을 했다. 빛 역시 재오의 요구에 제재를 걸어 또다시 대립하고, 그렇게 몇 번을 했는지 모른다. 꿈에 있었던 루시퍼의 말로는 서로의 의견을 내고 합의점을 찾기 위해 몇 억 년의 시간을 소비했다고 했다. 그렇게 해서 결국 어떠한 합의점을 끌어내긴 했는데, 결론은 기억나지 않았다. 다만 자신에게 유리한 걸로 결론을 이끌었다는 것만이 기억났다.

재오는 자신이 꾼 꿈이 현실인지 꿈인지 머리 싸매고 고민하고 있는데, 그의 뒤에서 루시퍼의 목소리가 들렸다.

"대단해. 빛을 상대로 그런 계약을 맺다니."

"루시퍼?"

그는 현관 문턱에 서 있었는데 재오를 바라보며 박수를 쳐댔다.

"꿈, 꿈이 아니었나?"

"그게 꿈일 리가 없지. 암튼 넌 대단해."

"그런데 왜 마지막이 기억이 안 나지?"

"그건 빛의 신의 요구였지. 계약의 내용을 기억 안 나게 하는 것, 그것이 마지막에 그가 바라는 요구였어."

"무엇을 어떻게 하는지 모른 채로 계약을 하란 건가?"

"맞아. 결국엔 너도 모든 것을 동의했고."

빛의 농간에 재오는 짜증이 났다. 이건 불공평하잖아?

"대신 이후로 신의 개입은 일체 없을 것이다. 빛 녀석 역시 신의 힘을 사용할 수 없고 오로지 인간의 모습과 힘으로 헤쳐 나가게 될 거야."

"빛은 어디 있는데?"

"그 녀석? 그 녀석은 지금부터 시작이니까 인간 세상 어디선가 제 세력을 쌓고 있겠지. 아니, 너와의 보조를 맞추기 위해 그전부터 존재했을 수도 있고."

"뭐?"

"아무튼 그건 중요하지 않아. 중요한 건 녀석이 신의 힘을 사용하지 않는다는 거지."

그때였다.

우당탕탕, 현관문을 열고 당구장이 뛰어들어 왔다. 그 바람에 현관문에 서 있던 루시퍼가 그대로 앞으로 고꾸라졌다.

"재, 재오 씨, 봤어요? 아까 전까지 세상이 어두워지고 모든 것이 멈췄었는데?"

"아?"

"에이! 왜 갑자기 들어오고 그래! 너 땜에 넘어졌잖아?"

"루시퍼 씨? 어떻게 된 거야?"

"놀랄 거 없어! 잠깐 시간을 멈춘 것뿐이니까."

"시, 시간을 누가?"

신기하게도 당구장은 재오가 신과 만났을 때를 아는 것 같았다. 그녀의 말로 추측해 보면, 재오가 신을 만났을 때 모든 것이 어둠에 싸이며 시간이 멈췄고, 오직 그녀만이 혼자 움직인 것이 분명했다. 그런데 왜 그녀만? 질문의 답은 루시퍼가 했다.

"네가 선택한 인물이 바로 당구장이거든."

"웅? 내가 재오 씰 왜 도와요?"

"넌 몰라도 돼."

당구장의 물음에 루시퍼는 딱 잘라 말했다.

"대체 뭐가 어떻게 돌아가는 거야? 빛의 신과의 계약, 아니, 그건 내기라고 해야겠지. 그게 지금부터 시작이라면 조각이나 호랑이는 어떻게 되는 거지?"

"그만! 내가 말해줄 수 있는 건 여기까지야. 어둠이 했던 말 기억나지? 스스로 알아내면 모를까 말해줄 수는 없다고. 너는 빛과의 논쟁에서 여기까지의 양보를 받아낼 수가 있었다. 그러니까 내 역할은 끝!"

"……."

"한 가지 마지막 힌트를 주자면, 넌 빛과의 논쟁에서 나와 빛, 그리고 나와 너와의 계약 내용을 모두 알아냈어."

재오는 웃음이 나왔다.

말만 하면 뭐해, 기억이 안 나는데? 대체 어디서부터 짜맞춰야 하는 거야?

재오는 몇 가지 사항을 더 묻고 싶었지만 루시퍼를 바라보다 묻는 걸 포기했다. 묻는다 해도 그게 계약 내용인 이상 루시퍼는 절대 말하지 않을 것이 분명했다. 제길, 골치 아파지는군. 뭔지도 모르는 계약을 실행하라니, 호랑이와 조각만으로도 머리가 아픈데.

근데 내가 왜 당구장을 나의 동조자로 선택했을까?

솔직히 재오는 빛의 신과의 내기는 그렇게 위험하게 느껴지지 않았다.

비록 그와 한 내기가 무엇인지, 그리고 그 내용이 기억 안 나기는 하지만 이상하리만큼 큰 문제가 되지 않는다고 생각했다. 다만 당구장을 선택한 것은 재오 스스로도 이해할 수 없었다.

"자, 그럼 난 놀러 나간다."

"잠깐, 네 힘은? 그건 어떻게 되었어? 그건 상관없겠지?"

"직접 해보면 되지."

나가려던 루시퍼가 대충 말하고 잽싸게 뛰어나갔다. 그가 나가자 마나를 모아보는 재오. 루시퍼의 힘은 아직도 그의 몸 안에 있었다. 그렇다면 루시퍼는 아직도 인간이라는 건데, 왜 이 힘을 앗아가지 않았지?

재오는 고개를 기우뚱한다.

어쨌든 빛의 신과의 계약 외엔 모든 것이 현상 유지다. 루시퍼의 힘도 있겠다, 하나씩 조각을 찾아 그들의 힘을 모두 제거하고 호랑이를 제거하면 된다. 방금 전 호랑이의 정체를 알았기 때문에 모든 것이 그가 원하는 대로 하기만 하면 됐다.

맞다. 그냥 끝내면 되는 것이었다. 재오가 끝내기를 바란다면 말이다.

그런데 무엇인가 굉장히 찜찜하다.

호랑이의 문제와 빛의 신과의 내기를 따로 떨어뜨려 놨을 때는 둘 다 쉬웠다.

기억이 안 난다지만 빛과의 내기는 무조건 이기면 되는 것이다. 문제는 빛의 신과의 내기가 호랑이의 문제와 뒤섞여 있다는 것이다. 그 둘이 어떤 식으로든 이어져 있는 것이 분명했다.

"뻔하잖아. 우선 내가 싫거든. 다른 이유로 일을 질질 끄는 게. 그럼 호랑이를 어떻게 해결하느냐에 따라 빛의 신 녀석과의 승부도 난다는 건데……."

그런데 재오는 아직 호랑이를 어떻게 해결해야 할지는 생각해 두지 않고 있었다. 아니, 호랑이의 정체와 갑자기 나타난 빛과의 내기로 인해 어떠한 갈피도 잡지 못하고 있는 것이다.

"나답기는 한데, 난감하군. 대체 호랑이를 어떻게 해야 해?"

"예? 뭐가요?"

"앞으로 일을 어떻게 해야 할지 말이야."

"…조각을 잡아야겠죠. 어쨌든 호랑이의 팔다리를 끊어
놔야 하잖아요."

당구장이 조심스럽게 앞으로의 할 일을 말했다. 재오 역
시 당구장이 말하기 전에 그렇게 하기로 대략 생각하고 있
었다. 그런데 무언가 꺼림칙했다.

누구의 농간인지는 몰라도 너무나 쉽게 그가 해야 할 일
이 결정되었던 것이다.

"일의 순서를 논의하자면 당연한 것이겠지만… 뭔가 이
상해. 뭐지, 이런 고약한 기분은?"

무엇 때문인지는 모르겠지만, 무언가 재오에게 잘못되었
다는 신호를 보내고 있었다. 이건 아니라고, 어디서부터 무
언가 틀어졌다고 말이다. 하지만 아무리 머리를 굴려 봐도
그 신호에 대한 답이 떠오르지 않자 재오는 혼란스러운 머
리를 쉬게 하기 위해 인영의 신당 안으로 들어갔다. 루시퍼
의 파편으로 인해 재오의 방을 사용할 수 없게 되자 당분간
그곳에서 지내기로 한 것인데, 신당을 사용하는 게 꺼림칙
하긴 했지만 집주인의 결정이니 어쩌겠는가.

그렇게 하루가 지났지만 그 다음날 오후까지 재오는 아
무런 결정도 하지 못해 점집의 마당을 빈둥거리고 있었다.

* * *

재오는 멍한 얼굴로 하늘을 바라보는 중이다.

하루를 푹 잤지만 꿈에서조차 풀 수 없는 고민에 빠졌었는지 멍한 얼굴은 초췌해 보인다.

손질도 하지 않은 머리를 긁적이고 있자, 집 안에서 당구장이 투덜거리며 나왔다.

"왜 아침부터 투덜거려?"

"세준 선배 말이에요. 저승에선 검술이나 기공 같은 걸 알려주더니 지금 전화해서 물어보니까 모른다고 딱 잡아떼잖아요."

"세준이가 그런 걸 알려줬어?"

"가끔 무협지 읽는대요."

그다지 귀담아들을 필요 없는 내용이다.

"암튼, 가까이 하기엔 짜증나는 인물이라니까."

당구장이 세준을 싫어하는 건 대충 짐작하고 있었다. 그래도 직속상관이라고 할 수 있는데 너무 노골적으로 싫어하는 것 아닌가?

"그래도 네 상관인데, 너무 싫어하는 것을 표시하는 것 아냐?"

"상관은 무슨, 이 일이 아니면 나에게 명령을 내릴 권한도 없다고요. 나이가 나보다 많으니까 선배 대접하고 있는 거지. 국정원에서 직접 파견된 사람이 아니라면 우리 기업에서 발 디딜 틈도 없다고요."

"국정원? 거기서 파견 나왔어?"

"자세한 내막은 모르지만 어쨌든 소속은 그곳이었어요. 재오 씨 일 터지고 완전히 정리했다고는 했지만."

"그랬군."

"근데 에마는 여행 잘 다니고 있는지 모르겠네."

"잘 다니고 있겠지."

잠시 그는 눈살을 찌푸렸다.

"너 그거 어떻게 알았어?"

"세준 선배가 알려주던데요?"

"지원이 녀석, 아무한테도 연락하지 말랬는데."

다시 재오의 표정은 멍해졌다. 그런데 한참이 지나고 난 후 갑자기 재오는 싸늘한 표정을 지으며 당구장에게 말했다.

"가자. 확인할 게 있어."

"확인?"

"그리고 지금까지의 일을 모두 끝내러!"

"……?"

재오가 추리닝의 남자가 말한 호랑이가 있는 곳에 모습을 드러낸 것은 오후가 막 시작되었을 때다.

호랑이는 갑자기 나타난 재오를 보며 의아한 표정을 지으며 말했다.

"자네는 누군가?"

잘빠진 양복 차림에 의젓한 행동이 그 지위에 걸맞은 품위를 보여주고 있는 중년의 사내. 하지만 재오는 피식 웃으며 중년의 사내에게 대꾸한다.

"이거 왜 이러실까요? 지금껏 절 죽이려 하셨으면서. 솔직히 호랑이의 정체가 당신이라는 것에 놀랐습니다, 대통령님."

"……."

재오는 집무실 대통령의 책상 앞에 놓인 기다란 탁자 앞에 엉덩이를 걸치며 키득거린다. 하지만 대통령이라 불린 남자는 이해가 가지 않는다는 표정으로 재오를 바라보며 고개를 기우뚱했다.

"무슨 말인지 전혀 모르겠군. 나는 함부로 나의 국민을 죽이진 않는데?"

"그럴 수도 있죠. 하지만 난 당신을 죽이려 한다는 거. 이제 죽으시죠."

재오는 숨기고 있던 커다란 부엌칼을 꺼내 대통령 앞으로 텔레포트했는데 모습을 드러내자마자 그의 정수리를 향해 내려꽂았다.

채챙!

부엌칼이 대통령의 머리에 닿기 전, 무언가 부엌칼을 쳐내며 재오를 강하게 뒤로 밀었다. 하지만 재오는 이미 이럴 줄 알았다는 듯 몸을 바로 해 대통령을 바라보며 조용히 말했다.

"다 알고 있으니까 숨어 있지 말고 얼른 나와, 이세준."

그러자 집무실 한쪽에서 모습을 숨기고 있던 세준이 모습을 드러냈다.

"어, 어떻게 알았죠?"

"그 힘은 할머니의 힘인가?"

"……."

재오의 말이 맞는 듯 세준은 인상을 찡그렸지만 다시 재오에게 어떻게 알았냐고 되물었다.

"호랑이의 정체는 조각이 알려줬어."

"제길, 그래서 먼저 죽이려 했던 것인데!"

"한 가지만 묻자. 지원이는 이곳에 있나?"

지원의 이름까지 나오자 세준은 당황해 대통령을 바라본다. 대통령도 그녀의 이름이 나올 것이라고는 생각하지 못한 듯하다. 이윽고 대통령은 모든 것을 체념한 듯 재오를 향해 물었다.

"좋아, 이렇게 된 이상 부인하지는 않겠네. 세준의 일은 그렇다고 해도, 지원 양은 어떻게 안 것인가?"

"그걸 말하려면 처음부터 말해야겠죠. 솔직히 오늘 아침까지 나는 아무것도 모르고 있었어요."

"……?"

재오의 머리가 돌아가기 시작한 것은 당구장이 세준과 지원이 연락을 하고 있다는 대목에서였다.

물론 그럴 수도 있었다. 지원에게 자신 이외의 인물에게는 어떠한 연락도 하지 말라고 했지만, 세준 역시 그녀의 신분을 지우기 위해 노력했기 때문에 그 인연으로 그들이 연락을 할 수도 있었다.

그런데 재오는 무언가가 굉장히 어색했다.

지원이 여행을 떠났을 당시, 세준은 저승에 있는 상태였다. 그리고 세준은 저승으로 돌아오자마자 재오에 의해 내상을 입었다. 이 대목에서 재오는 그가 가졌던 어색함의 실체를 잡아낼 수 있었던 것이다.

세준은 내상을 어떻게 치료했지?

그때 분명 그는 당구장과 함께 내상을 입어 움직임이 부자연스러웠다. 당시 막 인간으로 태어난 루시퍼는 제외해

도, 당┼장과 세순은 확실하게 내상을 입었고 그에 따른 반
응을 보이고 있었다. 하지만 재오는 당구장을 치료한 직후
당구장의 일격에 정신을 잃고 말았다. 재오가 의식을 차렸
을 때 세준은 자신의 일을 해결하기 위해 인영의 집을 떠난
상태였고, 그가 조각의 명단을 가져왔을 때는 멀쩡한 상태
였다.

그러자 재오의 머릿속을 혼란케 했던 모든 것이 하나의
실에 꿰어지기 시작했다.

저승에서 세준이 당구장에게 기에 대해서 설명해 줬던
것과 그가 조각의 명단을 가져왔던 것, 조각과 호랑이의 관
계, 심지어는 빛의 신과의 내기까지.

그리고 지원과 호랑이의 관계, 그녀가 가진 비밀까지 모
두 말이다.

"하, 겨우 그딴 걸로 모든 것을 알아냈다고요?"

세준이 어이없다는 듯 표정을 구겼다.

"자, 처음부터 말하지. 왜 호랑이, 아니, 당신이 나를 노
렸는지부터 말이야. 솔직히 그건 대략 추측하고 있는 중이
었어. 하지만 그 정확한 이유는 난 몰라."

"처음부터 자네들을 죽이려 하진 않았다네. 그리고 내가
주시한 건 자네가 아닌 이지원 양이었네."

"시작은 아마 우리가 당한 교통사고였을 겁니다. 그때 당

신은 비밀 회동을 갖기 위해 이동 중이었을 겁니다. 아마도 말이죠."

재오의 말에 대통령은 긍정의 의미로 고개를 끄덕였다.

"당신이 운전한 건지 기사를 대동한 건지는 모르겠습니다. 다만 어쨌든 늦었기 때문에 신호등이 바뀌자마자 바로 출발했습니다. 그런데 지원이 끼어들고, 나는 지원을 살리기 위해 끼어들고……. 그때의 상황은 제가 현장에 있었기 때문에 확실히 알고 있죠. 아무튼 그때 지원이 당신의 얼굴을 본 겁니다. 하지만 지원이는 몰랐겠죠. 그때 그녀가 본 사람이 대통령이라는 것을."

"……."

"제가 정치적인 일은 잘 모르지만, 비밀 회동에 교통사고, 이 두 가지 일은 대통령님을 정치적인 위협에 빠뜨렸겠죠. 처음엔 강민영 변호사를 섭외하여 우리를 포섭하려고 했지만, 중간에서 일이 틀어졌죠."

"나의 대리자일세. 그가 자네를 죽이려 했었지."

"그건 아마 나의 힘을 발견했기 때문이겠죠."

재오의 말이 맞는 듯 그는 아무런 소리도 하지 않았다.

"지원에게 접근하려 했으나 이상한 힘을 가진 내가 그걸 막으니 아마 죽이는 게 낫다고 생각했겠죠? 지원과 내가 맘을 합한다면 대통령님을 끌어내는 것은 시간문제니까요."

"맞네."

"그래서 목표가 나로 바뀐 거죠. 그리고 세준의 PMC 기업을 이용해 나와 지원과 떼어놓으려는 과정에서 일은 완전히 틀어지게 되어 나를 적으로 두게 된 거죠."

"5개월 동안은 자네가 죽었다고 생각했다네. 하지만 자네가 살아 돌아오자 난 어쩔 수 없이 다음 계책을 마련해야 했네. 자네와 지원 양을 다시 만나게 할 수는 없었으니까."

"그래서 지원을 죽인 거죠."

"……"

모두 그 사실을 알고 있는 듯 재오의 말에 대꾸하지 않았다.

모두에게 재오가 물어야 할 상황이었지만 오히려 세준이 납득이 되지 않는다는 투로 물었다.

"어떻게 그걸 알죠? 우리가 그 사실을 알고 있다는 것을 말이에요. 분명 형님과 루시퍼가 시간을 되돌렸기에 지원 양은 아예 모든 상황을 모르는 상태였어요."

세준의 말에 재오는 쓴웃음을 지었다. 그 역시 뒤바뀐 상황이 어색하긴 했다.

"루시퍼가 그랬지. 시간을 되돌리게 되면 시간에 대한

'인과율'이 적용한다고. 한동안 루시퍼는 그 '인과율'을 바로잡기 위해 깊은 잠을 자야만 했어. 나에게 오는 '인과율'의 부작용을 막기 위해서였지. 하지만 지원이는 다르잖아. 애초에 루시퍼 같은 존재가 없었으니."

"루시퍼 씨가 말해준 것인가요?"

"아니. 루시퍼는 까맣게 모르고 있더군. 녀석은 나 이외엔 신경 쓰지도 않으니까. 어쨌든 지원은 시간을 되돌리는 그 중심에 있던 녀석이야. 그 이후 어떠한 변화가 생겼겠지."

"시간을 되돌린 이후 나는 지원 씨랑 같이 있었습니다. 그녀의 신분 위조를 위해서죠. 그러던 중 그녀가 원인 모를 고통을 받고 있다는 것을 알게 되었어요."

시간을 되돌리긴 했지만, 지원은 그녀가 겪은 기억을 떠올리며 그때의 고통을 받았다고 한다. 그리고 그 고통이 계속되면서 재오가 시간을 되돌렸다는 것을 알게 되었다는 것이다.

지원은 그 사실을 세준에게 말했고, 세준은 지원이 받는 고통을 해결하기 위해 백방으로 뛰어다녔다고 했다.

"자네와 같은 사람들이 있다는 건, 자네를 조사하면서부터 알게 되었다네. 그들은 자신들을 피스라 불렀고, 우린 그들과 접촉할 수 있었지. 우리가 그들과 대면했을 때, 그땐 늑대인간을 선두로 서로의 힘을 흡수하기 위해 정신없었지."

"아, 늑대인간."

다섯 명의 조각과 늑대인간은 정부의 지원을 받으며 서로의 힘을 흡수해 나갔다고 한다. 하지만 마지막까지 늑대인간은 정부에 이용만 당했을 뿐 실질적인 조각의 힘은 흡수하고 있지 못하는 중이라고 했다.

그가 최근에 납치한 할머니는 강한 힘을 가지고 있었기에 붙잡기만 했을 뿐 할머니의 처리는 정부에게 넘겼다는 것이다.

"확실히 조각은 할머니에게 다가갈 수 없지. 하지만 인간은 달라. 그래서 세준 네가 할머니를 죽이고 할머니가 가지고 있는 조각의 힘을 흡수할 수 있었던 것이군."

재오는 그 과정이 구역질나도록 더러웠을 것이라고 생각했다. 재오나 조각이 아니라면 인간의 몸 어느 부위에 조각이 붙어 있는지 알 수 없을 텐데, 아무런 힘도 없는 세준이 조각의 위치를 알아내고 흡수했다면…….

"잔인한 새끼. 그렇게 조각의 힘을 가지고 싶었냐?"

"형님을 상대하기 위해선 어쩔 수 없었어요. 이미 당신은 인간이면서 웬만한 조각의 힘은 뛰어넘은 상태였어요. 유일하게 상대할 수 없는 사람이 바로 할머니였죠."

경멸의 표정이 담긴 채 재오가 말하자 세준은 황급히 변명을 늘어놓았다.

"하지만 할머니의 힘과 너의 힘은 다르지. 같은 조각이라고 해도 누가 사용하느냐에 따라 그 힘은 달라져. 아마 그건 예상했었나 보군. 지원이를 포섭한 것을 보면. 아마 그녀는 나에게 맞서기 위해 세뇌를 당하고 있을지도 모르겠군. 그녀가 여행을 떠난 지 꽤 오래되었으니까."

재오의 말이 맞는 듯 세준은 긴 한숨을 쉬었다.

"만약 세뇌를 당하고 있다면 지금 당장 그만둬. 세준 너의 뇌를 으깨 버리기 전에."

재오가 무서운 표정으로 단호하게 말하자, 세준은 핸드폰을 꺼내 어딘가로 전화를 걸었다. 그의 통화가 끝나자 재오의 말은 다시 시작되었다.

"어쨌든 조각들을 끌어들이는 데 성공했겠죠. 서울 시내에 흩어진 조각들을 흡수할 수 있게 도와주는 조건으로. 그런데 여기서 일이 틀어집니다. 조각의 흡수 과정이 평정되자 그들은 무리한 요구를 내놓았겠죠."

"맞네. 대한민국이 휘청할 고액과 정부의 중요한 자리를 달라는 것이었지."

"나를 대비해 고용했던 건데, 나랑 상대할 생각은커녕 비수를 꺼내 들었으니 당신의 입장에선 어떻게든 제거를 해

야만 했죠. 그래서 세준을 통해 나한테 제거하라는 의뢰를
보낸 것이고요."

그들이 말이 없자 재오는 한 가지 의문점이 생겨 물었
다.

"인영은 어떻게 한 거지? 어떻게 죽지 않고 빼낼 수 있었
던 거지?"

"그녀에 대한 일은 저희들도 의문입니다. 늑대인간의 말
처럼 그녀의 몸속에 있는 조각은 저절로 빠졌어요. 마치 주
인을 보호하려는 듯 말이죠."

그때 집무실의 문을 열고 누군가가 들어섰다. 바로 당구
장이었다.

그녀는 커다란 봇짐을 메고 있었는데, 사람이 들어갈 만
한 크기에 꿈틀거리고 있는 것을 보니 분명 그 안에 누군가
가 들어 있는 듯했다. 집무실로 들어설 때 그녀는 긴장한
얼굴이었는데, 세준을 보더니 그럴 줄 알았다는 표정을 지
었다.

"왔냐? 제대로 데려온 거야?"

"재오 씨 말대로 하긴 했는데… 이래도 되나 몰라요."

"걱정 마. 책임은 내가 질 테니."

그런데 당구장만 대통령의 집무실 안으로 들어선 건 아
니었다.

시간을 두고 따라 들어온 한 사람, 그는 바로 류한철 검
사였다. 류한철 검사를 알아본 세준의 인상이 찡그려졌
다.

　"류한철 검사와 강태산을 뒤에서 조종한 것도 바로 세준
너일 거야. 너는 이들을 이용해 나를 이 나라에서 영원히
설 수 없도록 조작하려고 했겠지."

　"그건 어떻게……."

　"당구장에게 정보를 준 건 잘한 일이야. 네놈의 계략이
뭔지 확실하게는 모르지만 아직 강태산이 등장하면 안 됐
겠지. 그런데 오늘 아침의 일로 네가 한 행동이 전부 의심
이 되더라고."

　"……."

　"아마 너의 목적은 최대한 시간을 끄는 것일 거야. 적어
도 대통령의 임기가 끝날 때까지는 말이야. 아놀드 레이에
대해선 뭐, 그가 중간에 너희들의 통제에서 벗어났기에 어
쩔 수 없이 제거를 원했겠지. 하지만 그건 별로 중요하지
않고."

　재오가 정확하게 맞힌 듯 대통령의 표정이 꿈틀거렸다.

　다시 실내가 침묵에 휩싸이자, 류한철이 믿을 수 없다는
듯이 조심스럽게 입을 연다.

　"제기랄. 문밖에서 모두 듣고 있었지만, 어디서부터 믿어

야 할지 감이 안 오는군. 뭐, 좋아. 방향루 자네 말이 모두 맞는다고 해도 지금 나온 건 어디까지나 말뿐이야. 증거가 없다고. 대통령님이나 저 젊은 청년 역시 아니라고 잡아떼면 그만인데, 나보고 어쩌라고? 대통령이란 직위의 사람을 이딴 말만으로는 잡아넣을 수 없다고."

대통령이나 세준 역시 류한철의 말처럼 모든 것을 인정하지 않으려는 듯 태연한 표정을 짓고 있다. 그 말대로 잡아떼면 그만이니까.

재오는 피식 웃으며 당구장이 가져온(?) 봇짐으로 다가갔다. 당구장은 그 봇짐을 탁자 위에 올려놓았다. 대통령이 봇짐을 가리키며 재오에게 물었다.

"그건 뭔가?"

"내가 호랑이를 잡은 후 어떻게 하려고 생각했는지 아십니까?"

대통령이 고개를 젓는다.

"내가 당한 것을 그대로 돌려줄 생각이었습니다."

"……?"

"내 친구, 혹은 이웃을 그 앞에서 죽이는."

재오가 봇짐을 풀자 어린 소녀의 모습이 드러났다. 두 손과 두 발이 결박 지어져 있고 입에 재갈이 물린, 초등학생쯤으로 보이는 소녀. 소녀는 바로 대통령의 손녀였다.

그녀를 보자 대통령은 소녀의 이름을 부르며 자리에서 일어났다. 지금껏 침착함을 유지했던 것과는 달리 적잖이 놀란 표정이다.

대통령과 세준이 소녀에게 다가서려 하자, 재오는 힘을 방출해 그들의 모든 움직임을 제압했다.

유일하게 재오의 힘에 반항할 수 있는 이는 세준이었지만, 재오는 그에게 다가가 조각을 빼낸 후 다리를 분질러 버렸다.

조각을 빼내고 씨익 웃는 재오가 공포스러웠는지 소녀는 크게 울기 시작했고, 대통령은 몸을 벌벌 떨며 재오를 달래기 시작한다.

"설마 그 아이를 죽이려는 건 아니지? 그 아이는 아직 어려! 우리의 일과 상관없지 않나!"

"웃기시네. 그래서 지원이를 죽였냐? 너나 조각이나 다를 바 없어. 방해되면 상관없는 모든 사람을 죽이지 않나?"

지금껏 존칭을 사용하던 재오는 대통령을 바라보며 경멸의 표정을 지었다.

"뭐, 괜찮아. 네가 한 것만큼 똑같이 해줄 테니까. 머리만 남겨두고 온몸은 반병신으로 만들어 평생 불구로 살아가게 할까 했는데, 이것도 나쁘진 않은 것 같아."

"이보게, 자네!"

내통령은 계속 애원하며 재오를 향해 울부짖었지만, 재오는 소녀에게 다가가 그녀의 어깨를 붙잡았다. 그리고 그의 손을 날카롭게 변형시켜 소녀의 심장을 향해 찔러 들었다.

정확히 칼날이 심장을 찔렀을 때, 시간이 멈추고 여자의 웃음소리가 들렸다.

"꺄르르! 이건 내가 이긴 거야! 너와의 계약은 나의 승리로 끝났다!"

멈춰진 시간 속에 울린 여자의 목소리. 이윽고 목소리의 주인이 나타났는데, 그녀는 다름 아닌 재오의 동생 한재희였다. 하지만 모습을 드러낸 재희는 상황을 보고는 경악의 소리를 질렀다.

"어떻게 이럴 수가!"

"신의 힘은 사용 안 한다며? 이건 계약 위반 아닌가? 쿨럭!"

"아, 아니, 모든 계약이 끝났으니까……."

"어쩌나? 아직 계약은 안 끝났잖아? 그리고 이건 계약이 아니라 내기잖아. 뭐가 그리 고상하다고 계약, 계약하고 지랄이야. 쿨럭!"

심장이 찔려 있는 것은 소녀가 아닌 한재오였다. 소녀를 찔렀다고 생각한 재오의 팔은 깨끗하게 잘려 있었다.

재희는 그 짧은 시간에 한재오의 팔을 자르고 그의 심장을 찌른 이를 바라보았다.

그는 다름 아닌 당구장.

그녀는 무표정한 얼굴로 한재오와 갑자기 나타난 재희를 번갈아 보고 있었다.

억울하다는 듯 승부에서 진 분통을 소리 높여 외치는 재희.

"제기랄! 연약한 인간, 그것도 네 동생의 몸으로 30년을 살아온 나다! 더 이상 인간으로 살기 싫다고!"

"어쨌든 내가 이겼다. 이제 넌 평생 인간으로 살아가야겠군."

"어떻게, 어떻게 계약의 내용을 알았지? 그 내용은 절대 기억하지 못할 텐데?"

"멍청한 놈. 내용은 굳이 알 필요 없다고. 호랑이와의 결과에 너와의 승부가 갈렸다면 뻔한 거 아냐?"

재희가 비명을 지르며 사라지자 멈춰진 시간이 다시 흘렀고, 집무실에 있던 사람들의 시선이 재오와 당구장에게 향했다.

시간이 원래대로 돌아가자 당구장은 궁금하다는 듯 재오에게 물었다. 그녀의 칼이 재오를 찌르고 있었지만 그녀는 태연했다.

"그런데요, 이렇게 해도 절대 안 죽어요? 재오 씨가 죽든 말든 난 상관없는데… 정통으로 재오 씨 심장을 찔렀다고요. 그런데도 괜찮아요? 팔까지 잘려 나갔는데."

"이제 곧 올 거야."

"응?"

당구장의 의문은 바로 풀렸다. 재오의 말이 끝나기가 무섭게 루시퍼가 허공에서 모습을 드러냈다.

원래의 마검 모습으로 되돌아간 그는 고래고래 소리를 지르고 있었다.

"아오! 한재오! 미친 천재 한재오!"

"루시퍼 씨, 원래 모습으로 되돌아갔네요?"

"암튼 이놈부터 살리고!"

잽싸게 재오의 몸으로 들어간 루시퍼는 심장에 박힌 당구장의 검을 빼고 바닥에 떨어진 재오의 손목을 이어 붙였다. 그가 치료를 시작한 지 얼마 되지 않아 재오는 건강한 상태로 되돌아왔다.

"이제 말해봐요. 뭐가 어떻게 된 거예요?"

"빛의 신과의 이야기는 말할 가치도 없으니까 생략하고, 어차피 루시퍼가 저승에서 내 권리를 가져왔잖아."

"그렇긴 하죠."

[그렇다고 해도 내가 널 구할 것이란 건 어떻게 알았어? 게다가 이렇게 해야만 뒤바뀐 힘이 원상태로 되돌아간다는 건?]

"루시퍼의 힘이 내게로 온 것은 저승에서 내가 그의 힘을 사용했을 때였어. 육체를 잃은 상태였기에 그와 나를 동일시한 힘은 나를 루시퍼의 영혼으로 착각해서 나한테 온 거지."

"뭐, 대충 그것까진 알겠어요."

[빨리 다음을 말해!]

그들의 이야기는 세준과 대통령도 들을 수 있었지만, 재오나 루시퍼는 그런 것을 상관하지 않았다.

"당연한 거 아냐. 힘이 저승에서 뒤바뀌었다면 누군가 하나는 죽으면 되잖아. 내가 죽으면 일단 너와 나의 계약이 끝난 거지만, 그건 힘이 뒤바뀜으로써 생겼던 상황의 끝이야. 즉, 원래의 계약은 아직 끝나지 않았으니 루시퍼는 당연히 나를 살리려 하겠지."

[우, 제길. 미친 천재 한재오. 야, 솔직히 말해봐. 빛과의 계약 내용이 생각난 거야? 그건 어떻게 알게 된 건데?]

"아까도 말했듯이 빛과의 내기는 신경도 쓰지 않았어. 다만 신경이 쓰였던 것은 내가 당구장을 선택했다는 거야."

[응?]

재오는 잠시 대통령과 세준을 바라보며 피식 웃음 지었다.

"내가 왜 하필 당구장을 선택했을까? 너는 내가 빛과의 내기를 조율할 때 모든 것을 알았다고 했어. 생각해 보니 아무런 관련이 없는 사람은 당구장 하나밖에 없더라. 그리고 나를 죽일 수 있는 유일한 인물이 바로 당구장이고."

"흠, 어떻게 보니 그렇게 됐네요."

"자, 빛의 신과의 내기는 이쯤에서 마무리하고, 이제 완전한 결말을 내야겠지?"

재오가 대통령을 바라보자 그는 체념한 듯 크게 한숨을 내쉬었다.

"순순히 저 검사란 사람에게 잡혀가면 되겠는가?"

"일단은요. 시간이 지나면 당신은 편안하게 임기를 마칠 수도 있겠지만, 절대 그런 꼴은 못 보죠."

"만약 내가 그것을 어기면 자네는 언제든지……."

"처음엔 당신 가족을 전부, 그다음엔 당신 몸을 불구로 만들어 최대한 오래 살게 해드릴게요. 지원이가 느낀 고통처럼, 원인을 알 수 없는 고통도 덤으로 드리고요."

실실거리며 웃는 재오의 말이 근거 없는 협박이 아님을

알 수 있었다.

다시 한숨을 쉰 대통령은 류한철 검사를 바라보았다. 그는 눈살을 찌푸리며 재오를 잠시 쳐다봤는데, 어쨌든 재오 역시 어린 소녀를 죽이려고 했기 때문에 이것을 법적으로 처분을 해야 할지 잠시 고민했던 것이다.

하지만 그를 처분할 상황은 아니라는 것을 알고 이내 속으로 묵히기로 마음먹었다. 다만 볼멘소리로 재오에게 물었다.

"지금 내 손에 수갑을 받게 되신다면 그 사실만으로도 전국은 떠들썩할 거야. 이에 대한 확실한 증거 자료는?"

류한철의 요구에 재오는 세준을 바라보았다.

"이 자식이 갖다 줄 겁니다. 지금까지의 모든 행동 빠짐없이."

"……."

재오가 세준에게 다가가 부러진 그의 다리를 치료했지만, 그는 아무 말도 하지 않았다.

"대통령 각하, 죄송하지만 대통령님을 살인 미수 및 교사 혐의로 검거하겠습니다. 대통령님은……."

수갑을 채운 류한철이 미란다 법칙을 읊으려고 하자 대통령이 그냥 가자고 했다. 대통령과 류한철이 나가자 재오를 쳐다보던 세준이 대통령의 손녀를 데리고 집무실을 나서려 했다.

　재오는 그녀의 기억을 지우고 잠들게 했고, 세준은 그녀를 안고 집무실을 나섰다.

epilogue

그들의 행방

지원은 식은땀을 흘리며 잠에서 깨어났다.

무서운 꿈을 꾼 듯 동공이 풀린 그녀는 어두운 방 안을 바라보며 안도의 한숨을 내쉬었다.

교통사고를 당한 지 일 년이 지났고, 그녀는 그동안 혼수상태였다고 한다. 최근에 정신을 차렸지만 그때의 후유증인지 그녀는 매일 알 수 없는 악몽을 꾸었다. 어떤 남자가 자신을 구했지만 음모에 휘말려 그녀가 죽는 꿈, 하지만 또다시 살아나 그 위협에서 도망쳐 다니는……. 의사 선생님 말로는 시간이 지나면 괜찮아질 것이라 했다.

하지만 그 꿈이 너무 생생한 탓에 죽을 때의 고통 역시 그녀를 휘감는다는 것이 문제였다. 그녀의 심장을 파고드는 총탄의 느낌. 신기하게도 그 고통은 꿈이 계속될수록 강해지고 있었다. 시간이 지나는 걸로 괜찮아진다면 부디 제발 시간이 빨리 지나가기를.

지원은 꿈속의 생생한 고통으로 마른 목을 축이기 위해 침대에서 내려와 물을 마시려 했다. 덮고 있던 이불을 확 펼치는데 무언가 무거운 것이 이불에 걸렸고, 그것은 으악! 하고 비명을 질렀다. 그 소리에 놀란 지원 역시 병실이 울릴 정도의 비명을 질러댔다.

딸깍!

"진정하세요! 변호삽니다, 변호사!"

"변, 변호사요?"

사내가 불을 켜고 자신을 소개하자 지원은 그제야 놀란 가슴을 진정시켰다.

"여긴 여자 병실인데 왜 이렇게 늦은 밤에……."

"늦은 밤이라뇨. 듣자 하니 어제부터 계속 숙면 중이었다던데 지금까지 잤나 보네요?"

"아?"

"전 한 시간 전쯤에 왔는데, 곤히 주무시기에 깰 때까지 기다리디 그만 잠이 들었어요."

자신을 변호사라고 소개한 남자가 커튼을 활짝 여니 창문으로 강한 햇살이 병실 안으로 들어왔다.

"아무튼 죄송합니다. 제 의뢰인이 사정상 저를 대신 보냈습니다. 저는 강민영이라고 합니다."

강민영은 양복 안주머니에서 명함을 꺼내 지원에게 건넸다.

"우선은 깊이 사죄를 드리겠습니다. 교통사고로 일 년간 혼수상태에 빠진 것과 이제 겨우 혼수상태에서 일어난 것을요."

"…그건 사고를 일으킨 당사자가 직접 와서 해야 하는 거 아닌가요? 어쨌든 전 죽을 뻔했는데요."

지원은 못마땅한 표정으로 조용하게 말했다. 평소 내성적인 그녀라 해도 일 년 동안 혼수상태로 사경을 헤맸기에 가슴에 묻어두고 싶어도 묻을 수 없었다.

"죄송합니다. 하지만 의뢰인이 사정이 그다지 좋지 않아서… 제가 대신 사죄를 드려야겠군요."

"그래요. 뭐, 좋아요. 그래서 어떻게 하자고요?"

사고를 낸 당사자의 사정이 뭔지 모르지만 지원은 일 년 동안의 혼수상태와 사고 후유증을 생각하자 울컥 울음이 쏟아졌다.

"그 어떤 것으로도 지난 시간을 보상하지 못하리라는 것을 압니다. 돈 가지고는 그러한 것들을 보상할 수 없겠죠. 지금 지원 양이 가지고 있는 후유증만 하더라도……."

"그래도 돈이잖아요? 대체 얼마를 주실 건데요?"

"……."

민영은 한숨을 쉬고는 잠시 말을 끊었다가 조용히 입을 연다.

"지난 일 년 동안 사고 뒷수습을 하기 위해 어쩔 수 없이 지원 양의 생활을 알아봤습니다. 우선… 지원 양의 아버님이 빚지신 건 전액 저희들이 해결했습니다."

"그래 봤자 오 억인데요. 하지만 다행이네요. 그걸 모두 해결했다니."

"……."

민영은 다시 말을 끊었다.

"앞으로 지원 양에 대한 모든 것이 지원될 것입니다. 평생 동안 말이죠."

"네?"

강민영의 말에 지원은 울음을 멈추고 놀란 표정을 지었다.

평생? 평생 동안 뭘 지원해?

"교육, 생활, 지원 양이 필요로 하는 모든 것을요."

"……."

시원은 한동안 말을 할 수 없었다. 놀란 가슴을 추스른 지원은 겨우 말을 꺼냈다.

"어떻게요?"

"음… 뭐, 선뜻 이해되지 않으시겠지만 그렇게 됐습니다. 지원 양에겐 두 가지 지원이 이뤄지는데, 하나는 국가로부터, 하나는 개인 기업으로부터입니다. 국가지원은 사고를 낸 사람에 의해서, 개인 기업의 지원은 지원 양이 사고를 당했을 때 같이 사고를 당했던 사람에 의해서."

지원은 순간 꿈이 생각났다. 막연히 꿈이라 생각했는데, 꿈속에서 자신을 구했던 것처럼 실재에서도 누군가 자신을 구하러 왔다는 생각이 들었다.

"저, 저기, 그 사고자요, 개인 사정상 직접 못 왔다고 했는데, 누군지 알려주실 수 있으세요?"

"그건 텔레비전을 보면 쉽게 아실 수 있을 거예요."

강민영은 씨익 웃으며 대답했고, 사고 처리에 대한 것들을 그녀에게 자세히 말해주기 시작했다.

재오와 당구장은 그녀의 병실 창밖 허공에 떠서 이들을 지켜보고 있었다. 물론 투명 마법을 사용했기에 지원이나 강민영, 혹은 그 이외의 사람이 그들의 모습을 볼 수는 없었다.

"차라리 시간을 되돌리는 게 낫지 않아?"

[큰일 날 소리. 아직도 그 후유증에서 벗어나지 못하고 있는데 거기서 시간을 되돌리면 어쩌라고.]

"하지만 지원이 꿈으로 과거를 기억하는 이상 기억을 지운 것만으로 완벽한 건 아니잖아?"

[그야 그렇지. 하지만 괜찮아. 세준이 알아서 조작하기로 했으니까. 적어도 그 녀석, 일은 잘하잖아.]

"이래도 되는지 모르겠다. 어떻게 보면 지원에게는 이게 최선일 수도 있겠지만⋯⋯."

[쓸데없는 거 신경 쓰지 말고 네 일이나 신경 쓰쇼.]

"그런데요, 루시퍼 씨, 인영의 일은 어떻게 된 거예요? 어떻게 인영의 몸속에 있는 조각이 저절로 빠져나올 수 있었죠?"

"그러게. 인영은 어떻게 된 거야?"

후에 모든 사실을 들은 당구장이 여전히 모르겠다는 듯 루시퍼에게 물었다.

재오도 잊고 있었던 듯 당구장이 질문하자 따라 물었다.

[유인영? 보니까 걘 완전히 조각의 힘을 흡수했더라. 뭐랄까, 조각이 그녀에게 자신의 힘을 인정한 거지. 즉 아무 조건 없이 자신의 힘을 양도한 거야.]

"음? 그럼 인영의 몸에선 조각의 힘을 어떻게 흡수해?"

[흡수하려고? 그럼 그녀의 영혼까지 모두 집어삼켜야 해. 몸 전체를 말이야.]

루시퍼의 말에 재오는 난감해졌다.

그가 복잡한 표정을 짓고 있으려니 그의 마음을 짐작한 듯 루시퍼가 다시 시끄럽게 떠들어댄다.

[괜찮아. 인영이라면 내 힘을 옳게 사용할 거야. 다행이지, 뭐. 너의 부재로 벌어질 조각들의 발악을 막을 수 있을 테니.]

"……?"

루시퍼의 말에 재오의 표정은 다시 한 번 일그러졌다.

"그건 또 무슨 말이야? 나의 부재라니?"

[으흐흐흐! 이제 여기 상황이 정리되었으니 우리는 우리의 볼일을 보자고.]

"뭐야, 그건?"

[우리 계약 아직 안 끝났잖아. 네가 빛의 신 녀석을 영원히 인간으로 살게 한 덕분에 계약 내용의 범위가 상당히 넓어졌거든. 그 말인즉슨, 나를 규제할 존재가 사라져 버렸다는 거지. 그렇다면 나는 내가 원하는 상황으로 널 이끌 수 있어.]

"그래서?"

[가자! 내가 살던 곳으로!]

루시퍼의 말이 끝나기가 무섭게 재오와 당구장의 주위엔 커다란 힘의 결계가 만들어졌다. 재오는 마법을 사용해 그 힘을 뚫으려 했지만 그의 마법에 반응조차 하지 않았다.

"으엑! 나는 상관없잖아요! 나는 보내달라고요!"

당구장이 힘의 결계를 주먹으로 두들기며 루시퍼에게 소리쳤다.

[너는 벌이야.]

"우에?"

[재오가 신이었을 때 넌 재오를 죽였잖아. 아무리 나의 힘이 뒤바뀐 상황이라고 하지만 그때 재오는 신이라고 할 수 있는 상황이었다고. 그런데 그런 재오를 죽여 버렸으니…… 쯧쯧.]

"그건 재오 씨의 요구였다고요!"

[이유야 어찌 되었든 행위의 결과는 바뀌지 않아. 자, 이대로 내가 살던 곳으로 이동이다!]

"야! 내가 갑자기 사라지면 이후의 일은 어떻게 하라고!"

[괜찮아. 강민영도 있고 이세준도 있어. 재희의 모습으로 있는 빛의 신도 있고. 게다가 나는 신이잖아. 그런 거 하나 알아서 안 할까.]

말을 마친 루시퍼는 그대로 그들을 이끌고 사라졌다.

그것이 그들의 마지막 모습이었다.

『현대마검전』 완결

도 羅德傳 천애 협로

촌부 新무협 판타지 소설
FANTASTIC ORIENTAL HEROES

『우화등선』,『화공도담』의 뒤를 잇는
작가 촌부의 또 하나의 도가 무협!

무림맹주(武林盟主)·아미파(峨嵋派) 장문인(掌門人),
군문제일검(軍門第一劍), 남궁세가(南宮勢家)의 안주인.

그들을 키워낸 어머니-
진무신모(眞武神母) 유월향(柳月香)!

어느 날, 그녀가 실종되는데……

"하, 할머니는 누구세요?"

무한삼진의 고아, 소량(少兩)에게 찾아온 기이한 인연.

세상과 함께 호흡을 나눌 수 있다면[天地同息]
천하의 이치를 모두 얻으리라[天下之理得]!

이제, 천하제일인과 그녀가 길러낸
마지막 자손의 이야기가 펼쳐진다!

Book Publishing CHUNGEORAM

유령이 아닌 자유추구
WWW.chungeoram.com

FUSION **FANTASTIC** STORY

WARRIORS
워리어스

신림 퓨전 판타지 소설

전 대륙을 통일한 대제국 탈로스.
그 이면에는 소환진으로 넘어온 자들이 있었으니.
세월이 흐르고, 전쟁의 영웅들은…
…노예가 되었다!

"이곳은 어디인가? 목숨을 걸고 싸우라고?"

천하제일인을 목표로 검을 수련하였으나,
정신을 차리자 이계의 노예검투사가 된 철용.
카시아스란 이름으로 다시 태어난 그가
이계에서 혈풍을 일으킨다!

"인간으로 남고 싶은 자, 검을 들어라!"

삶과, 운명과, 구속과 싸워 살아남으라!
치열하게 싸우는 자, 그것이 워리어스다!

Book Publishing CHUNGEORAM

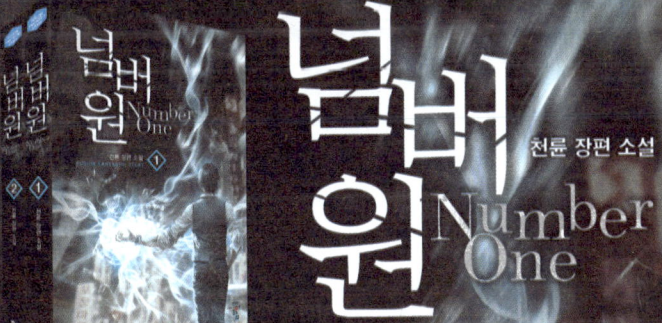